Nuestro Amor Entre Las Nubes

Dannya Menchaca

Ukiyoto Publishing

All global publishing rights are held by

Ukiyoto Publishing

Published in 2021

Content Copyright © **Dannya Menchaca**

ISBN 9789355974174

www.ukiyoto.com

Nuestro Amor Entre Las Nubes

Author: Dannya Menchaca

Para nadie es un secreto que la violencia de género es algo que ha hecho parte de la sociedad desde tiempos inmemorables y que poco a poco se han ido ganando batallas, logrando que las mujeres tengan mayor visibilidad y se les den mejores oportunidades en diferentes ámbitos de la vida.

También es cierto que tu felicidad, sin importar tu género, religión, raza, edad, etc. depende solamente de ti y no de los demás, pero sí es algo que puedes compartir con esas personas especiales que le suman a tu vida.

Este libro está dedicado a todas aquellas mujeres que en algún momento han sido maltratadas física y/o mentalmente. Nunca permitan que nadie les quite la oportunidad de ser felices, la fortaleza está dentro de ustedes y solo espera el momento para que ustedes mismas le den la oportunidad de salir a conquistar su mundo.

Loren Butler es una azafata que trabaja en una aerolínea muy importante. Después de llevarse una gran desilusión en el amor y darse cuenta de que ella misma se estaba engañando al creer que su vida era perfecta, pasa por una etapa crítica en su vida, llevándola a autodescubrirse y ver de lo que es capaz.

En este proceso el piloto Cameron Parker es un eslabón importante, porque no solo le muestra una cara diferente del amor, sino que llega a revolucionar su mundo, de formas inimaginables.

Son muchos los obstáculos que se presentan ante esta nueva oportunidad de vivir y de amar.

¿Podrá el amor vencer a las adversidades?

¿Será cierto que, si algo sale de tu vida es porque viene algo mejor?

CONTENTS

Capítulo 1

Voy llegando de mi último vuelo, tengo dos semanas sin volver a casa y estoy ansiosa por sorprender a Barnett, hoy es nuestro aniversario de bodas, tenemos 8 años de casados; no puedo negar que al principio fue difícil porque él estaba estudiando para terminar su carrera, dejó su trabajo y yo con mi sueldo de azafata me hacía cargo de todos los gastos, así que en algunas ocasiones estuvimos un poco ajustados con el presupuesto, ahora por fin es un abogado y uno muy reconocido, trabaja en una firma de abogados muy famosa aquí en Colorado.

Nos casamos cuando yo tenía 20 años y él 25, aún recuerdo como si fuera ayer cuando lo conocí, estaba con mi mejor amiga Gina y su novio Julián en una fiesta, cuando Barnett llegó yo no pude disimular cuanto me gustó, se veía tan guapo, con su cuerpo muy atlético porque siempre hacía deporte, su cabello negro y aquella mirada tan penetrante me volvió loca, además que por ser un poco mayor que yo, me parecía todo un hombre; resultó ser el hermano mayor de Julián, así que esa fue la primera vez que lo vi, después de ese día estuvimos saliendo por un año cuando él me propuso matrimonio, mi madre al principio no lo quería aceptar, dice que Barnett tiene algo que no le gusta, tal vez es porque es algo posesivo y en algún momento me maltrató delante de mi madre por celos; después me pidió perdón y estaba muy arrepentido, no puedo negar que tiene un carácter algo fuerte.

Él quiere tener hijos y aunque lo hemos intentado no nos ha dado resultado, Barnett dice que es culpa mía porque estoy pasada de peso, además últimamente ni siquiera me toca.

Mis compañeras de trabajo no lo soportan, dicen que está loco, que tengo un cuerpo muy bien proporcionado, aunque no hago mucho ejercicio porque con mi trabajo es un poco difícil, pero no me siento mal, yo estoy cómoda con mi cuerpo y con mi físico, tengo el cabello negro, rizado, mi piel es blanca, mis ojos son casi negros y tengo una buena estatura.

Ahora que por fin tengo una semana de descanso antes de salir de nuevo de viaje, aproveché para prepararle una sorpresa a Barnett, ya que no sabe que llego hoy.

Apenas bajamos del avión y voy directamente a la sala de reuniones, a revisar mi próximo horario de vuelos para la siguiente semana, estoy muy entretenida cuando llega nuestra jefa la señora Weston.

—Buenos días damas y caballeros, sé que están ansiosos por ir a sus casas, pero necesito informarles algo antes de que se vayan, como ustedes saben nuestro capitán de vuelo se retira este mes y quiero que sepan que ya tenemos a su suplente, me gustaría que lo conozcan ya que formará parte de su equipo.

En eso se abre la puerta de la sala de reuniones y entra un hombre impresionante con su uniforme de piloto, es alto, cabello castaño, ojos azules y una barba que lo hacer ver bastante sexy, viene sonriendo por lo que podemos ver sus perfectos y blancos dientes.

—Por favor, creo que no pediré descanso nunca más de ahora en adelante. Los vuelos serán muy entretenidos —dice mi compañera Ana en voz baja para que sólo nosotros podamos escucharla. Aunque no quiera reconocerlo, la verdad está muy guapo y su uniforme le queda bastante ajustado, por lo que se ve que tiene muy buen cuerpo, para mi gusto parece un poco presumido, creo que sabe perfectamente lo que causa en las mujeres, menos mal que yo soy inmune a otro tipo de encantos que no sean los de Barnett; él se pone frente a nosotros.

—Buenos días, estoy encantado de conocerlos, mi nombre es Cameron Parker y para mi será un placer trabajar con ustedes y formar parte de este gran equipo —sonríe y todas mis compañeras suspiran, por favor, sólo es un hombre, no entiendo qué les pasa.

Empieza a saludar uno por uno a nuestro equipo y yo me quedo sentada muy entretenida viendo mi teléfono cuando se acerca a mí.

—Hola, creo que eres la única que falta de presentarse —dice sonriendo sin dejar de observarme.

No quiero ser grosera ya que pasaremos mucho tiempo juntos, así que sin muchas ganas me pongo de pie y le doy la mano.

—Mucho gusto Cameron, soy Loren Hank, bienvenido a nuestro equipo —digo tratando de ser amable.

Cuando me da la mano siento como si un rayo me atravesara en ese momento, él se queda viendo nuestras manos unidas y sonríe.

—Encantado Loren.

Quito mi mano con prisa y aún siento un hormigueo extraño, yo sólo espero que no tenga alguna enfermedad contagiosa, jamás había sentido algo así.

Me despido de todos y salgo con prisa, tengo mi coche siempre en el aeropuerto para evitar retrasos cuando tengo que viajar, al subirme se me viene a la mente mi nuevo compañero, me imagino que tiene más o menos la edad de Barnett, pero ¿por qué estoy pensando en él? A mi qué me importa la edad que tenga, me reprendo a mí misma por ser tan curiosa.

Llego a mi apartamento y Barnett no está, seguramente se fue a la oficina temprano, vivimos en una zona muy exclusiva de Colorado, aunque yo gano bien no podría permitirme un apartamento como este. Barnett lo compró cuando empezó a trabajar en un despacho muy reconocido, según él, teníamos que dar una buena impresión, no puedo negar que es un apartamento muy bonito, grande y por supuesto, contrató a una decoradora para que lo dejara listo ya que no confiaba en mis gustos.

Entro a la habitación a dejar mi maleta y me sorprendo porque está todo muy ordenado, tenemos una señora que viene y nos ayuda, pero hoy no viene y Barnett es muy desordenado, por eso me extraña el orden que hay.

He estado planeando mucho este día, así que en una de la ciudades que visitamos me compré un camisón negro, muy sexy, para sorprender a Barnett esta noche y le compré un reloj de una marca bastante cara que sé le va a encantar.

Me pongo a organizar la ropa de mi maleta y ya cuando veo que falta poco para que llegue Barnett me doy una ducha y me pongo mi camisón; solo espero que le guste a Barnett, tenemos tanto tiempo sin hacer el amor que ya no sé cómo provocarlo. Acomodo los rizos de mi cabello, me pongo un poco de maquillaje y al verme al espejo, estoy contenta con el resultado.

Preparo una botella de vino, uno muy exclusivo obviamente porque solo ese le gusta a Barnett, y pensar que antes tomábamos de lo que teníamos sin poner ninguna queja; cuando todo está listo me siento en la sala a esperarlo, no sé porque, pero me siento muy nerviosa.

A los pocos minutos se abre la puerta, escucho voces y risas por lo que me imagino que Barnett viene acompañado, de inmediato me pongo detrás del sillón para que quien sea que lo acompañe no me vea en paños menores; cuál sería mi sorpresa al ver que entra con una chica rubia colgada del cuello, vienen besándose.

Siento que mi alma sale de mi cuerpo en ese momento, es como si se me rompiera el corazón en mil pedazos, no sé cómo reaccionar, quisiera enfrentarlo, pero no me atrevo; la chica parece una modelo de revista, es muy delgada y se ve sofisticada, yo volteo a verme mi camisón y me siento ridícula.

Se meten a nuestra habitación mientras yo me muero de dolor, siento una presión tan fuerte en mi pecho que me cuesta respirar, trato de calmarme y voy al cuarto de lavado, tomo el primer cambio de ropa que tengo ahí, preparo mi teléfono y entro a la habitación justo en el momento que están teniendo sexo en mi propia cama.

Tomo varias fotos ante los ojos sorprendidos de los dos, agarro mi maleta y rápidamente pongo algunas de mis cosas más esenciales, estoy cerrando la maleta cuando Barnett se levanta desnudo y se acerca a mí.

—Loren puedo explicarlo.

Yo lo ignoro y salgo de la habitación con mi maleta, cuando estoy a punto de abrir la puerta Barnett me detiene.

—Loren, borra las fotos que nos tomaste o si no…

—Oh si no ¿qué Barnett?

Me toma por el brazo y me avienta con fuerza al sillón.

—Soy abogado y sé perfectamente lo que pretendes hacer con ellas, pero por favor, Loren, no te das cuentas que eres una mujer gorda, ni siquiera me has podido dar hijos, tienes que entender que es normal que yo busque otras maneras de obtener placer, eres una mojigata en cuanto al sexo se refiere, me tienes aburrido.

Me pongo de pie y le doy una cachetada, él reacciona y me la devuelve haciendo que me caiga al suelo, cuando ve lo que acaba de hacer trata de acercarse a mí, yo me levanto y salgo furiosa del apartamento.

No puedo creer que me esté pasando esto, me siento tan mal, no quiero ir a casa de mi madre porque sé que me hará miles de preguntas y menos a casa Gina porque le dirá a Julián y no quiero provocar problemas entre los hermanos, de por sí, no tienen muy buena relación.

En una ocasión se dieron de golpes porque Julián trato de defenderme, aunque Barnett nunca me había golpeado antes, siempre aprovecha cualquier ocasión para reírse de mí con nuestras amistades, es por eso por lo que Gina y Julián prefieren no visitarnos, yo voy a verlos de vez en cuando para ver a sus pequeños; tienen dos niños, Julián de 5 años y Julio de 2 años, están preciosos, yo los adoro, además de que son mis ahijados.

Por más que le doy vueltas a mi cabeza no sé a dónde ir, lo único que se me ocurre es volver al trabajo para ver si hay alguna vacante en la que puedan acomodarme, me servirá de distracción.

Al llegar al aeropuerto dejo mi maleta en el coche y voy a la sala de reuniones, para mi mala suerte me encuentro con el presumido de mi nuevo compañero.

—Hola Cameron ¿no sabes si está por aquí la jefa? — pregunto tratando de verme tranquila.

Él se queda viéndome de pies a cabeza sorprendido, estoy por decirle algo cuando volteo a verme y me doy cuenta de la razón de su cara, me puse las chanclas de Barnett por salir de prisa, me quedan enormes y para colmo, escogí la peor ropa que tengo, con la que hago limpieza en la casa, sin contar el golpe en mi cara, el maquillaje corrido y mis ojos hinchados. Pobre ha de pensar que acabo de salir de una película de terror.

Se pone de pie y se acerca a mí con prisa.

—Loren ¿te encuentras bien, te asaltaron o qué fue lo que te pasó?

No sé porqué, pero su pregunta me hace soltar una carcajada enorme y él está completamente desconcertado viéndome.

Trato de calmarme, pero no puedo. Mi escandalosa risa llena toda la sala de reuniones, menos mal que estamos solos.

—Sí, me asaltaron —contesto tratando de calmarme.

Él muy preocupado saca su teléfono.

—Déjame llamar a la policía de inmediato.

Me calmo un poco y le quito el teléfono.

—No, no es necesario, lo que me robaron no tenía ningún valor.

Y como toda una loca empiezo a llorar, el pobre se ve tan confundido, no quiero ni imaginarme lo que está pensando de mí; para mi sorpresa se acerca y me da un abrazo que increíblemente me reconforta. Usa un perfume muy varonil que me hace suspirar, Barnett usaba uno carísimo que me revolvía el estómago.

Cuando estoy más calmada me acompaña a sentarme y me trae una taza de café.

—Loren, no sé qué te sucedió, pero espero que esto pueda ayudarte un poco.

—Cameron, lo siento, que pena contigo, pensarás que soy una loca histérica.

—Bueno, para ser sinceros, llegué a pensar que eras un zombi y en cualquier momento me atacarías.

Suelto una carcajada.

—Lo siento, hoy he tenido la peor noche de toda mi vida, salí huyendo de mi casa y prefiero no hablar de eso.

Él me ve comprensivo.

—No te preocupes, si no quieres hablar no lo hagas, pero tienes que calmarte. Por cierto, tus sandalias son de una marca muy exclusiva, pero creo que te quedan un poco grandes.

Sin poder evitarlo suelto otra carcajada y él solo me sonríe.

—Eran de mi exmarido.

—¿Eres divorciada?

—No todavía, pero espero que muy pronto. ¿Y qué haces aquí?

—Tengo un vuelo ahorita en la madrugada, pero parece que no hay personal suficiente y nuestra jefa anda buscando a alguien que nos acompañe.

—Precisamente a eso venía.

—Pero acabas de llegar de un viaje de varias semanas.

—Lo sé, pero no estoy pasando por un buen momento y prefiero trabajar.

—Entonces, no se hable más, te vienes con nosotros.

—Pero ¿y sí la jefa no acepta?

—Claro que aceptará, ya verás.

—Bueno, voy por mi maleta para ponerme un poquito más decente, no quiero ir asustando a toda la gente por ahí.

—Oh, no creo que eso pueda suceder, tú hasta con las sandalias de tu exmarido y vestida de zombi me pareces sexy.

Su comentario me hace ruborizarme, hace tanto tiempo que no recibo halagos que ya no estoy acostumbrada, me pongo de pie y salgo con prisa de la sala de reuniones mientras él se queda sonriendo.

Después de tomar una ducha y ponerme mi uniforme me siento un poco mejor, es extraño, pero pensé que me dolería más lo que me acaba de pasar, no voy a negar que siento tristeza, pero es más la rabia que tengo por haber permitido tantos años de humillación. Hace mucho tiempo que ya no me sentía cómoda con Barnett, cada vez que tenía una cena de negocios él escogía mi ropa, me decía cómo comportarme, incluso cómo maquillarme, llegábamos a la reunión y me dejaba sola, lo bueno que Julián también es abogado, siempre me lo encontraba a él y a Gina en las reuniones, eran mi salvación.

En cuanto al sexo no sabría qué decir, al principio era un hombre muy apasionado, pero poco a poco dejó de tener interés en mí, siempre me repetía que estaba pasada de peso y que era difícil que se le antojara a cualquier hombre, la verdad no entiendo cómo pude soportar tantas humillaciones, por amor no creo que sea, tal vez con todas las cosas que me decía llegué a sentirme menos y de alguna manera creí en sus palabras, aunque también sentía un poco de miedo a enfrentarme a un divorcio; pero de ahora en adelante jamás permitiré que me vuelvan a tratar de esa manera, a partir de hoy mi vida tendrá un cambio por completo.

Ya más animada llamo a Julián.

—Hola, cuñadita ¿cómo estás?

—Hola, Julián, necesito de tus servicios de abogado.

—Claro, dime qué sucede.

—Quiero divorciarme de Barnett.

Julián se queda en silencio por unos minutos.

—Me dejaste sin palabras ¿puedo saber la razón?

—Te mandaré unas fotos por correo electrónico, no quiero que las uses a menos que sea muy necesario, pero por favor necesito que esto termine cuanto antes.

—Está bien, esta misma semana meteré los papeles ¿estás aquí en Colorado?

—Si, pero está noche me vuelvo a ir.

—Loren, no quiero escucharme mal, pero es lo mejor que puedes hacer, mi hermano nunca ha sido un buen hombre contigo, tengo que reconocer que conocerlo fue lo peor que pudo pasarte.

—Lo sé, Julián y gracias por todo.

—Te llamaré en cuanto tenga noticias, que tengas un buen viaje.

—Gracias, salúdame a mis ahijados y a Gina.

Colgamos y suspiro, el primer paso de mi nueva vida ya está tomado, regreso ya más tranquila a la sala de juntas y mi jefa está tomándose un café.

—Hola, Loren, Cameron me acaba de decir que puedes acompañarnos en el vuelo de esta noche.

—Si, así es.

—¿Estás segura? Estabas muy entusiasmada con tu regreso.

—Si, estoy segura.

Se llega la hora del vuelo y yo me siento mucho mejor, tenemos una noche algo ajetreada ya que de un vuelo pasamos a otro. Ya bastante tarde por fin termina nuestro itinerario, mis compañeras Ana y Monce se van con el asistente de vuelo Cris al hotel que nos reservó la aerolínea, yo me quedo un rato más acomodando algunas cosas en el avión cuando sale Cameron y se sorprende al verme.

—¿Qué pasa, Loren? ¿No quieres ir a descansar? Hemos tenido una noche muy movida.

—Si, en un rato me voy al hotel, la verdad no quiero encerrarme y ponerme a pensar.

Él me sonríe.

—Vamos, te invito a comer y de ahí nos vamos a descansar, me muero de hambre y cuando eso pasa me pongo a gritarle a todo el mundo.

Sonrío.

—No sé si sea una buena idea.

—Loren, es simplemente una cena ¿acaso no tienes hambre?

—Está bien, vamos, no puedo permitir que las demás personas aguantemos tu mal humor.

Nos vamos en un taxi con nuestra pequeña maleta cada uno y nuestros uniformes, por supuesto, llegamos a un restaurante muy elegante y yo me pongo un poco incómoda.

—Perdón, Cameron, pero pensé que sería una cena sencilla.

—Vamos, Loren, no te preocupes por los demás, este restaurante es de mis favoritos, vamos a disfrutar de la comida y no pienses en nada.

—Pero...

Pone su mano para que la tome y yo, aunque me siento un poco incómoda porque vengo con mi uniforme a un restaurante tan elegante, tomo su mano y entramos.

Hay una chica revisando las reservaciones.

—Creo que tendrás que buscar otro lugar para cenar, aquí solo te reciben con reservación.

Él voltea para verme y sonríe, me suelta la mano y se acerca a la chica, no logro escuchar lo que le dice, pero ella le sonríe muy contenta y de inmediato me hace una seña para que lo acompañe, nos llevan a una mesa muy apartada de las demás.

Nos sentamos y no tardan en traernos la carta.

—¿Y cuál es el secreto? —pregunto sonriendo.

—El secreto ¿para qué? —contesta arqueando una ceja.

—Por favor, Cameron, hay una enorme fila para entrar y tú hablas con la chica de la entrada, le das unas cuantas sonrisas y de inmediato nos pasan a una mesa exclusiva.

—Ningún secreto, el dueño es mi amigo, es todo, me ha contratado para manejar su Jet en algunas ocasiones.

—Ah, entonces hiciste uso de tus influencias.

Él me sonríe, no sé porqué, pero cada vez que lo veo sonreír así, siento un cosquilleo que me recorre todo el cuerpo, tal vez mi separación de Barnett me está afectando mis sentidos.

—¿Te gustaría que te recomiende algún plato?

—Sorpréndeme.

Hace la orden y pide una cerveza para él.

—Y tú, Loren, ¿qué quieres tomar?

Vaya esto sí que es extraño, por un momento llegué a pensar que él ordenaría por mí.

—Una cerveza también.

El chico toma la orden y se va.

—Me agrada este lugar, es muy bonito y para ser sincera esta mesa tan alejada me gusta mucho, no me gusta estar rodeada de gente cuando como.

—¿Y eso por qué?

Nos traen las cervezas y él le da un trago.

—Barnett decía que como demasiado, que por eso no le gustaba llevarme a comer en público.

Él se atraganta con la cerveza y por poco me la escupe encima.

—Perdón, Loren, pero ¿quién es Barnett y cómo se atreve a hacerte un comentario tan desagradable?

—Es mi esposo, espero que muy pronto mi ex.

Llegan con nuestro platillo y al probarlo suspiro.

—Por Dios, Cameron, esta carne está deliciosa.

—Te lo dije.

Disfrutamos mucho de la cena, Cameron tiene mucho sentido del humor y yo que en algún momento pensé que era un presumido, pues la verdad es que no, todo lo contrario, es un chico muy sencillo.

Vamos en el taxi cuando suena mi celular.

—Loren ¿cómo se te ocurrió meter los papeles del divorcio? ¿Acaso no te das cuenta de que eso puede dañar mi carrera? En el bufete del que soy socio no se permiten los divorcios, siempre supe que eras estúpida pero no me imaginé que tanto.

—Eso lo hubieras pensado antes de engañarme en mi propia casa.

—Te lo advierto de una vez o anulas esa estúpida idea del divorcio o soy capaz de…

—¿De qué Barnett, de pegarme de nuevo?

—Tú me provocaste, fue tu culpa que te diera ese golpe.

—Sabes que, arréglate con Julián, no quiero que vuelvas a llamarme, nosotros no tenemos nada más de qué hablar.

—No pienses ni por un segundo que te vas a quedar con lo que es mío, todo lo que tenemos es por mi trabajo, con tu sueldo jamás podríamos darnos la vida que llevamos.

—Sí, tienes razón, pero gracias a mi trabajo terminaste tu carrera sin tener que trabajar y estudiar como lo hice yo.

—No me salgas con tonterías, con tu ayuda o sin ella yo hubiera terminado mi carrera.

—¿Sabes qué, Barnett?, no estoy de humor, así que firma el divorcio y quédate con todo, no me importa, lo único que quiero es no volver a saber nada de ti.

—Lo veo difícil, Loren, porque no te voy a firmar el divorcio nunca. ¿Me entendiste?

Cuelgo el teléfono y aunque no quiero llorar, no puedo detener mis lágrimas, Cameron me toma de la mano.

—Lo siento, no pude evitar escuchar, si batallas para divorciarte conozco un bufete de abogados excelentes que podrían ayudarte.

—Gracias, Cameron, pero mi cuñado está haciendo los trámites.

—Pero si es su hermano ¿no estará a su favor?

—No lo creo, Julián y él nunca se han llevado bien.

—Bueno, si acaso cambias de opinión no dudes en preguntarme.

Llegamos al hotel bastante tarde, Cameron recoge su llave y se despide, yo me acerco a pedir la llave. La chica de recepción me dice que no tiene una habitación reservada para mí y que el hotel está lleno.

Estoy tratando de marcarle a mi jefa, pero no la localizo, en eso Cameron baja y me encuentra sentada en la recepción.

—¿Qué haces aquí? Pensé que estarías descansando.

—Estoy esperando a mis compañeras a ver si puedo quedarme con ellas, no hay ninguna reservación para mí.

—No puedo creerlo ¿y por qué no solo tomas otra habitación y que la pague la aerolínea?

—Porque dice la recepcionista que no hay habitaciones disponibles.

—Busca en otro hotel, no puedes quedarte aquí esperando por tus compañeras.

—Lo sé, tienes razón.

Voy saliendo del hotel cuando me detiene.

—Espera un momento, hablaré con la recepcionista.

Él se aleja y empieza a hablar con la recepcionista que no deja de sonreírle, no cabe duda de que este hombre utiliza sus encantos para conseguir sus propósitos... mi vista baja a su pantalón y suspiro, vaya que sí tiene encantos.

Regresa y me entrega la tarjeta de mi habitación.

—Listo, conseguimos una habitación.

—¿Cómo lo hiciste? Si a mí me aseguró que no tenían ninguna disponible.

—Bueno, es que, en realidad no hay habitaciones de las que reservan para nosotros, pero te conseguí otra.

Veo la llave y me sorprendo.

—Es una suite presidencial ¿estás loco? Y si se enojan en la aerolínea.

—No tienen porqué, ya que fue error de ellos, lo menos que pueden hacer es pagar un poco más, así que ve a descansar y disfruta de la suite presidencial por esta noche.

Me acerco y sin pensarlo le doy un beso en la mejilla.

—Gracias, te debo una y muy grande.

Sonríe mostrándome sus dientes perfectos y se muerde el labio.

—Bueno, espero poder cobrarme algún día.

Me voy sonriendo a mi habitación. Efectivamente es una suite completamente hermosa, tiene una maravillosa vista, una cama enorme y por supuesto un hermoso baño en el que pienso relajarme, de inmediato me quito mi uniforme y pongo a llenar la tina.

A los pocos minutos ya estoy tomando un baño en la enorme tina completamente relajada mientras mi celular no deja de timbrar, Barnett me manda mensajes en los que me insulta y después me pide perdón, muy típico de él, piensa que lo voy a perdonar como siempre lo hago, pero en esta ocasión es diferente, regresando a Colorado buscaré un apartamento más pequeño para comenzar mi nueva vida sin complicaciones.

Capítulo 2

Estos días tenemos muchos vuelos, después de quince días regresamos por fin a Colorado, estoy agotada, Julián me llamo para advertirme que Barnett está renuente a darme el divorcio.

Voy saliendo del aeropuerto y me sorprendo al ver una limusina en el estacionamiento de los empleados, mi vena curiosa me hace quedarme a ver a quién vienen a recoger y a los pocos minutos sale Cameron sin uniforme y con un traje hecho a la medida, carísimo de esos que Barnett hubiera deseado tener, el chofer se baja y le abre la puerta, antes de que pueda subir sale una pequeña niña y lo abraza muy contenta, él comienza a darle vueltas a la pequeña y la llena de besos, después se suben a la limusina y se van.

Aunque estos días platicamos mucho, ya que la mayor parte de las horas de descanso la pasábamos juntos, ya sea cenando o salíamos a caminar un poco mientras se llegaba la hora de nuestro siguiente vuelo, nunca se me ocurrió preguntarle si era casado, aunque con lo guapo que está, es lógico que tenga una familia, en realidad no se me pasó por la mente preguntarle porque me moría de vergüenza por todo lo que supo de mí el primer día de conocernos.

En fin, dejo de pensar en mi compañero y comienzo a prepararme mentalmente para ir a mi antiguo apartamento y recoger mis cosas, solo espero no encontrarme a Barnett.

Al llegar me doy prisa para empacar todas mis cosas y cuando estoy a punto de salir me topo de frente con él.

—Me imaginé que vendrías por tus cosas, así que le encargué al portero que en cuanto te viera, me avisara.

—Barnett, no quiero tener más problemas contigo, vamos a llevar esto del divorcio de una manera pacífica, por favor.

Se acerca a mí y trata de besarme, pero yo me doy la vuelta.

—Loren, no seas tonta, tienes 28 años, no puedes tener hijos, además que eres una mujer muy poco agraciada y para colmo, gorda, no te das cuenta de que no vas a encontrar a nadie más que te acepte como lo hago yo.

Sus palabras me lastiman, porque, para mi desgracia nunca se ha cansado de repetírmelas.

—No te preocupes por mí, Barnett, no necesito de un hombre para ser feliz, al contrario, creo que a partir de ahora por fin podré disfrutar de la vida como me dé la gana.

—No te voy a firmar el divorcio, jamás.

—Es tú decisión, si quieres que haga un escándalo y muestre las fotos que te tome con tu amiguita perfecto, por mí no hay ningún problema.

Me toma del brazo con furia.

—No serás capaz.

Levanta la mano para darme una cachetada y rápidamente me adelanto y le doy con la rodilla en sus partes nobles, se dobla por el dolor y comienza a gritarme.

—¡Te vas a arrepentir, cuando regreses de rodillas pidiéndome perdón y rogándome que te haga el amor, me voy a reír de ti!

—Por favor, Barnett, no te creas tan importante, tengo que hacerte una pequeña confesión, nunca me hiciste sentir nada, te crees muy bueno para el sexo, pero déjame bajarte un poquito de la nube, jamás he tenido un orgasmo contigo, así que tan bueno no eres, y no seas tan exagerado que no creo que tú dolor sea muy grande.

—Estúpida no eres más que una mujer frígida, nunca llegarás a sentir placer con ningún hombre, porque ni para hacer el amor sirves.

—Bueno, eso ya lo veremos, en algún momento te veré a la cara y ya te contaré si era culpa mía o tuya.

Salgo de prisa con mis pertenencias y aunque me siento muy triste por la manera en que las cosas terminaron, estoy optimista con mi futuro y por quitarme un enorme peso de encima.

Llego a la casa de mi madre y la encuentro sentada en el porche con su esposo Héctor; se casaron hace unos meses, es un hombre muy agradable, trata a mi madre de maravilla. Se conocieron en un grupo de personas de la tercera edad y ha llegado a llenar de alegría a mi madre y a mí, porque también lo quiero mucho; al verme, mi madre se pone de pie de inmediato y corre a abrazarme.

—Mi pequeña, hasta que por fin te acuerdas de mí.

—Hola, mamá, estaba de viaje, necesito hablar contigo, es algo importante.

Héctor se acerca y me da un abrazo.

—Hola, Loren, que gusto verte, sigues tan guapa como tú madre.

—Gracias, Héctor, también me da gusto verte.

—Bueno, yo las dejo para que hablen, voy a prepararles algo para comer mientras platican.

Mi madre le da un beso.

—Gracias, cariño.

Me siento a un lado de mi madre y trato de poner en orden mis ideas para hablar con ella.

—Bueno, hija, ¿me vas a contar qué sucede?

Suspiro antes de empezar.

—Bueno, mamá, hace unos días regresé de mi viaje y quería sorprender a Barnett por nuestro aniversario, resulta que la sorprendida fui yo… mientras lo estaba esperando, llegó acompañado de una hermosa chica, yo me escondí cuando los escuché llegar y terminaron juntos en mi cama.

Mi madre me toma de la mano.

—Hija, cuánto lo siento, ese hombre nunca me gustó para ti.

—Lo sé, mamá. Estoy tramitando el divorcio y por ahora no tengo dónde quedarme.

—Oh, no, eso ni siquiera lo digas hija mía, esta es tu casa y puedes quedarte el tiempo que necesites.

—Gracias, mamá, te lo agradezco y te prometo que buscaré un apartamento cuanto antes.

—Pero hija, no es necesario.

—Mamá no quiero molestar, tú estás recién casada y no quiero incomodar.

—Ay, hija, por favor, no incomodas, además si te pones unos tapones en los oídos por las noches no pasa nada.

Suelto una enorme carcajada.

—Ay, mamá, que ocurrente eres.

—Sólo quería hacerte reír hija, no sabes cómo me duele que estés pasando por una separación, la verdad es muy difícil.

—Si mamá, lo es, pero para ser sincera me siento liberada, quiero disfrutar de todo lo que no pude hacer.

—Así será hija, cuentas conmigo para todo lo que necesites.

Entramos a la casa y me instalo en mi antigua habitación, es raro, pero en el apartamento con Barnett nunca me sentí como si estuviera en mi casa, siempre me vi como una huésped, no puedo creer lo ciega que he estado todos estos años a su lado.

Salgo de mi habitación, Héctor y mi madre tienen la mesa lista, no puedo estar más sorprendida, él es un excelente cocinero, nos preparó unas deliciosas fajitas de pollo y sopa de arroz.

—Wow, Héctor, estoy sin palabras, cocinas delicioso.

—Gracias, Loren.

—Aunque si sigo aquí por más tiempo, quedaré más gorda de lo que estoy.

Mi madre me ve molesta.

—Hija, por favor, no estás gorda, qué tonterías dices, tienes un cuerpo muy bonito, estoy segura de que ese maldito de Bobonett, te dejó traumada.

Me sorprendo al escucharla y no puedo evitar una carcajada.

—Mamá por Dios ¿cómo qué Bobonett?

—Ay, hija perdóname, pero eso es, un bobo siempre me ha caído mal, pero ahora ya puedo decírtelo con confianza.

Me pongo de pie y le doy un abrazo.

—Qué cierto es, cuando dicen que las madres tienen un sexto sentido.

—Así es, hija.

—Bueno, yo los dejo, muchas gracias por la cena, pero estoy agotada.

Me despido de ellos y me voy a mi habitación.

Aprovecho mi semana de descanso para buscar un apartamento, estoy muy entretenida hablando con mi agente de ventas cuando suena mi teléfono, es un número desconocido.

—Hola.

—Loren, por favor no me vayas a colgar, necesito hablar contigo, te prometo que será rápido.

Es Barnett.

—No tenemos nada de qué hablar.

—Por favor dame unos minutos, es algo importante.

—Está bien, estoy cerca de mi cafetería preferida si quieres nos vemos ahí en media hora.

—Perfecto, ahí nos vemos.

Voy saliendo de la agencia de bienes y raíces cuando me topo de frente con Cameron.

—Hola, Loren, que sorpresa verte por aquí.

—Hola, Cameron.

Está vestido con uno de esos trajes carísimos, se ve como todo un empresario, al verlo nunca me imaginaría que es piloto, obviamente sé que los pilotos ganan bien pero nunca me imaginé que para vestirse de una manera tan elegante.

—¿Vas a comprar una casa?

—Estoy buscando un apartamento, algo pequeño ya que solo es para mí ¿y tú?

Se ve un poco nervioso.

—Yo estoy vendiendo mi apartamento precisamente, hace unos meses compré una casa y la verdad ya no lo necesito ¿de casualidad no te gustaría verlo?

—No sé, la verdad es que mi presupuesto es algo ajustado, pero lo hablaré con mi agente.

Él sonríe y yo veo el reloj, seguramente Barnett ya está esperándome en la cafetería.

—Bueno me tengo que ir, me dio gusto saludarte, nos vemos mañana.

Me voy a la cafetería y entro para buscar a Barnett, está sentado en una mesa muy apartada con su traje caro como siempre, aunque la verdad no sé compara con el traje que traía Cameron. Sin querer escucharme mal, no puedo creer en qué momento pensé que era un adonis, ni siquiera hay comparación.

Salgo de mis pensamientos y me acerco a Barnett, al verme se pone de pie e intenta darme un beso, sonríe cuando no se lo permito.

—Loren, podemos arreglar esto, tú sabes que nunca podrás encontrar a un hombre como yo.

Pongo los ojos en blanco.

—Si para eso querías verme, es mejor que me vaya.

—No discúlpame, no era eso, lo que pasa es que necesito de tú ayuda, como ya sabes quiero hacerme socio del bufete donde trabajo y ahora tengo la oportunidad, pero no podemos divorciarnos aún, dame unos meses por favor, hazlo por todo lo que vivimos juntos.

—No lo sé, déjame pensarlo.

—El problema es que hoy tenemos una cena muy importante y me van a preguntar por ti.

—Y tú me estás pidiendo ¿qué exactamente?

—Que me acompañes.

—¿Por qué no se lo pides a alguna de tus conquistas?

—Porque es un evento importante y estarán todos los socios presentes.

—Y ¿no decías que yo no sé comportarme como la gente y ni siquiera sé vestirme adecuadamente en ese tipo de fiesta?

—Por favor, acompáñame, es muy importante, haré lo que tú quieras a cambio.

—Te voy a acompañar, pero es lo último que hago por ti, no te voy a dar los meses que me pides, quiero que me firmes el divorcio cuanto antes.

No está muy seguro, pero asiente.

—Está bien ¿a dónde puedo pasar a recogerte?

—No, mándame la dirección y ahí nos vemos en la entrada, nadie notará que no llegamos juntos.

—Muy bien, una cosa más ¿podrías ponerte el vestido negro?

—Sí, nos vemos más tarde y hablaré con Julián para que le digas cuando puede llevarte los papeles del divorcio.

Me levanto de prisa y antes de ir a casa de mi madre llego a un salón de belleza, me hago un corte más moderno, y ya estando ahí le pido a mi estilista que me maquille para esta noche, al verme en el espejo me siento muy hermosa, mis ojos resaltan mucho y aunque es un maquillaje sencillo se ve bastante bien.

Me voy a casa de mi madre y saco el vestido negro que quería Barnett, pero luego de pensarlo un poco cambio de opinión y saco uno que me compré hace unos meses, es rojo, ajustado, tiene un poco de escote y una enorme abertura en la pierna, a Barnett nunca le gustó, así que no había podido estrenarlo hasta hoy, me pongo los labios rojos y me resaltan mucho por mi piel tan blanca, ya que estoy lista salgo de la habitación y mi madre y Héctor se quedan sorprendidos.

—Hija, pero ¿a dónde vas tan hermosa?

—Mamá, no exageres.

—Oh no, Loren, tú mamá no exagera, te vez preciosa, no entiendo porqué dices que estás gorda si te ves perfecta.

—Gracias Héctor. Bueno madre, no te vayas a enojar, pero voy a una fiesta de negocios con Barnett.

—Ay, hija, de verdad que no te entiendo.

—Me aseguró que si lo acompañaba me firmará el divorcio.

—Pero ¿tú todavía crees que Bobonett te va a firmar el divorcio?, hija no quiero desanimarte, pero ese hombre sólo te está engatusando para su beneficio.

—Bueno, madre, no te preocupes que aún tengo un "as" bajo la manga que lo obligaría a firmar el divorció.

—¿Vendrá por ti?

—No, mamá, le dije que lo veía en la puerta del hotel.

—Bueno, hija, tú sabes lo que haces, pero si necesitas algo no dudes en llamarnos.

Me acerco para darle un beso y despedirme de ellos, me subo en mi coche y mientras conduzco hacia el hotel no puedo dejar de pensar en la cara que pondrá Barnett cuando me vea con este vestido rojo, siempre me ha dicho que es un color muy vulgar.

Dejo mi carro en el estacionamiento y mientras me acerco a la puerta veo llegar una limusina, no sé porque me llama la atención y me quedo observándola, de ella se baja una preciosa mujer con un vestido tan elegante y hermoso que me hace sentir menos, un hombre se acerca a ella y van juntos a la entrada, me acerco un poco y me quedo impresionada al darme cuenta de quién se trata, es Cameron, está increíblemente guapo con un esmoquin negro y una camisa blanca, trae su barba perfectamente arreglada, lo estoy viendo tan concentrada que creo que siente mi mirada porque voltea y sus ojos no pueden ocultar su sorpresa al verme, le dice algo a su compañera y se acerca a mí.

—Loren, por Dios, no te reconocía, estás preciosa, jamás había visto a alguien que le sentara tan bien el color rojo.

Me pongo un poco roja por su comentario y él me sonríe.

—Perdón por ser tan directo, pero de verdad te ves increíble, creo que de ahora en adelante el color rojo es mi favorito.

—Muchas gracias, Cameron, tú también estás muy guapo.

—¿Y qué haces aquí?

Estoy a punto de contestarle cuando llega Barnett y se acerca a nosotros.

—Loren, ¿por qué no te pusiste el vestido negro?

Cameron lo voltea ver con cierta reticencia, Cameron es un poco más alto que Barnett y no quiero decirlo, pero tiene un mejor cuerpo.

Barnett se da cuenta de que estábamos conversando y lo saluda con una sonrisa, al parecer se conocen.

—Señor Parker, que alegría verlo.

Cameron le da la mano, pero está muy serio.

—Loren, ¿podrías quitarte ese lápiz de labios?, porque el color se ve bastante vulgar.

A mí me da mucha vergüenza con Cameron que esté escuchando las quejas y órdenes que me está dando Barnett.

—Si me permites, Barnett, tengo que decirte que tienes una esposa muy hermosa, jamás había visto a alguien que le sentara tan bien el color rojo.

Barnett se pone un poco pálido y se acerca para abrazarme, en eso Cameron me ofrece su brazo para entrar a la fiesta, yo le sonrió a Barnett y me voy del brazo de Cameron.

—¿No te estabas divorciando?

—Sí, pero al parecer Barnett no podía venir sólo hoy, puedes imaginarte que me ofreció firmar el divorcio si lo acompañaba.

Él se queda pensativo por un momento.

—Bueno, la verdad que se lo agradezco, estas fiestas se me hacen muy aburridas y encontrarme contigo es lo mejor que pudo pasarme.

—Lo mismo digo.

Barnett se acerca a nosotros.

—Vamos, Loren, nuestra mesa es la que está al otro lado.

Cameron no me suelta.

—Barnett, si mal no recuerdo en tu invitación no aclaraste que vendrías acompañado y al parecer sólo tienes un lugar reservado.

Me quedo un poco sorprendida y Barnett también.

—Cierto, olvidé confirmar que mi esposa venía.

—Bueno, yo podría sentarla conmigo, tengo un espacio para mi compañera, pero como tú ya sabes ella no lo va a ocupar.

Barnett no puede ocultar su sorpresa y se acerca a mi oído para decirme muy despacio.

—No se te ocurra decir que nos estamos divorciando.

Se aleja un poco molesto y Cameron me sonríe.

—¿Y entonces?

—Cameron, yo no…

Me toma de la mano antes de que pueda terminar de hablar.

—Ven, siéntate a mi lado.

—Cameron, no quiero incomodarte, yo prefiero irme, la verdad tú venías acompañado y no quiero incomodar a tu esposa.

Él me sonríe.

—Mi invitada es mi hermana y es la organizadora de este evento, así que no te preocupes, no estoy casado Loren.

Bueno tal vez sea padre soltero, en fin, me siento a su lado y la gente no deja de observarnos, la verdad que Cameron es muy gracioso y mi carcajada un poco escandalosa se escucha hasta el último piso del hotel.

—Me encanta tu risa.

—Seguramente, mira cómo me ven todos como si estuviera loca, Barnett quiere asesinarme con la mirada.

Empieza una pequeña ceremonia y después comienza la música, Cameron me invita a bailar y yo acepto encantada, es un excelente bailarín, pero no puedo evitar estar nerviosa, no sé qué me pasa cuando estoy cerca de él, es como si me recorriera un hormigueo por todo el cuerpo y sentir sus manos en mi espalda me está provocando mucho calor.

—¿Cuéntame por qué te vas a divorciar de Barnett?

—¿Lo conoces?

—Digamos que no mucho.

—Barnett me advirtió que no dijera nada, pero no sabe que nosotros nos conocemos y que eres mi compañero de trabajo, nos vamos a divorciar por infidelidad.

Él abre mucho los ojos.

—No me veas así, obviamente es por parte de él, recuerdas el día que regresé al aeropuerto que parecía una zombi.

—¿Cómo olvidarlo?, pensé que había empezado el Apocalipsis.

Suelto una carcajada.

—No me hagas reír más, te voy a dejar en ridículo.

—A mí no me importa lo que diga la gente y soy feliz viéndote sonreír.

No sé cómo tomar su comentario y me da un poco de vergüenza, así que mejor vuelvo al tema del que estábamos hablando.

—Bueno, ese día era nuestro aniversario y yo quería sorprenderlo, pero fue todo lo contrario, él me dio la mayor sorpresa de toda mi vida, llegó con una mujer a nuestro apartamento y ya puedes imaginarte lo siguiente.

—¿El golpe que tenías te lo dio él?

Asiento avergonzada y Cameron se pone tenso, puedo notar su coraje.

—No lo puedo creer, es un desgraciado.

—No te preocupes, ya no tiene importancia.

En eso Barnett se acerca a nosotros.

—Señor Parker, ¿me permite bailar con mi mujer?

Cameron asiente, pero no disimula su coraje y se aleja. Barnett me toma de la cintura molesto.

—No puedo creer que me estás poniendo en ridículo, primero te pones ese vestido tan vulgar y ¿ahora bailas con un hombre que acabas de conocer y todavía le coqueteas descaradamente?

—Eso no es cierto yo…

—Cállate, siempre tienes que contestar a todo lo que te digo, nunca puedes quedarte callada.

—Barnett, necesito ir al tocador.

Salimos de la pista y me lleva tomada de la mano con fuerza.

—¿Acaso no sabes quién es ese hombre?

Voy a contestarle que es mi compañero de trabajo cuando nos interrumpe la chica con la que me engañó.

—¿Baby, porque trajiste a esa mujer? Quedamos que yo te acompañaría a todos los eventos de ahora en adelante.

No puedo creer el descaro de estos dos.

—¿Sabes qué Barnett?, firma el divorcio cuanto antes y no vuelvas a buscarme.

Me estoy alejando y Barnett me toma del brazo con fuerza.

—No puedes irte todavía.

Cameron viene caminando a nuestro encuentro.

—¿Loren, está todo bien? —me pregunta preocupado.

—Sí Cameron, gracias, yo me tengo que ir.

Salgo apurada al estacionamiento y me detengo en la puerta para tomar aire, por un momento siento que me estoy ahogando, mi corazón late demasiado rápido y no puedo controlarme, Cameron se acerca y me ve preocupado.

—Loren ¿estás bien?

—No, siento que me falta el aire.

Me toma de la mano y me sube a la limusina, da instrucciones para que nos lleven a algún lugar la verdad no tengo idea de a dónde porque me estoy concentrando en tratar de respirar con normalidad mientras él va haciendo unas llamadas.

Llegamos muy rápido a un enorme edificio, me toma en los brazos y me baja de la limusina con prisa, al entrar al elevador pone una clave y vamos directo al penthouse, cuando se abren las puertas hay una mujer esperándonos, me lleva a una habitación y me deja en la cama con cuidado, ella empieza a revisarme rápidamente, trato de contestar a sus preguntas, pero no tengo suficiente aire.

Me pone una inyección y empiezo a sentir como poco a poco mi respiración se normaliza, siento mis ojos muy pesados y me quedo dormida.

Cuando despierto me siento un poco desorientada, empiezo a recordar lo que sucedió, trato de levantarme, pero al verme me sorprendo porque estoy en ropa interior, no puedo sentirme más avergonzada.

En eso se abre la puerta y entra Cameron, trae uno de sus trajes y al verlo recuerdo que hoy salíamos los dos de viaje, me voy a levantar y lo hago tan rápido que, si no es porque él me detiene, ahorita me faltarían algunos dientes.

—Loren, por favor no te levantes, estás un poco débil por la inyección que te pusieron.

—¿Qué fue lo que me pasó?

—Según lo que me dijo la doctora que te revisó, tuviste un ataque de ansiedad bastante grave, te puso un sedante para poder controlarte.

—Cameron, hoy teníamos que viajar.

—No te preocupes por eso, avisé a nuestra jefa para que nos buscara unos suplentes esta semana.

—Lo siento que vergüenza contigo, hace mucho que no tenía crisis, incluso llegué a pensar que se me habían quitado por completo; por cierto, mi mamá debe estar preocupada ¿dónde está mi teléfono?

—No te preocupes, tú mamá te marco y le conté lo que sucedió, por un momento se asustó, pero luego le expliqué que éramos compañeros de trabajo y se quedó más tranquila, claro no sin antes pedirme una copia de mi licencia de conducir y advertirme que sabe disparar.

Sonrío.

—Pues no te quiero asustar, pero en efecto, mi mamá es campeona en tiro al blanco.

—Bueno entonces dejaré lo de secuestrarte y violarte para otra ocasión, ya me siento asustado con las amenazas de tu madre.

Suelto una enorme carcajada.

—¿Este es el apartamento que estás vendiendo?

—Si, me compré una casa en Aspen y la verdad vengo muy poco a la ciudad.

—Cameron esto no es un departamento, es un penthouse, yo ni siquiera podría permitirme la renta de uno de los apartamentos sencillos en esta área.

—Podría hacer una buena oferta para ti, hablaré con tu agente.

—La verdad no creo que esté dentro de mi presupuesto, pero gracias, oye por cierto ¿dónde está mi vestido? Es un poco incómodo estar hablando contigo en ropa interior.

—¿De verdad? a mí no me incómoda nada.

—Muy gracioso, ¿eh?

—No tengo mucho que ofrecerte, pero tal vez te puedes poner algo de mi ropa deportiva para que estés cómoda.

—Sí, te lo agradecería.

Se aleja a un enorme closet y sale con una playera blanca y un pantalón deportivo gris.

—Tal vez te quede un poco grande.

—Gracias, no importa.

Entra a una habitación que me imagino que es un closet, sale y me entrega un cambio de ropa, me pongo primero la playera y él sonríe sin dejar de observarme.

—¿Podrías disimular un poquito que me estás devorando con los ojos?

—¿Para qué, quién crees que te quito el hermoso vestido rojo ayer?

—Descarado, ni siquiera lo ocultas.

—No, no soy descarado, soy un alma noble que te ayudo a dormir más cómoda.

—Está bien, señor alma noble, gracias por desvestirme y no dejarme cambiar con privacidad.

Escuchamos que tocan el timbre y yo me preocupo.

—¿No será mi madre con su rifle?

Él suelta una enorme carcajada.

—Para suerte mía no es tu madre, pedí algo para comer, como no vengo mucho por aquí ya no tengo nada que ofrecerte.

Sale de la habitación y yo suspiro, tan mal que me caía al principio y resulta que ahora hasta siento que me atrae, ay no por Dios ¿qué estoy pensando?, salgan pensamientos negativos de mi cabeza, estoy pasando por un horrible divorcio y me pongo a pensar en otro hombre, no, no, no y no, no voy a caer por buenísima que sea la tentación.

Capítulo 3

Llega con una enorme bandeja llena de comida.

—Espero que te guste la comida china, fue lo único que se me ocurrió pedir.

—A mí me gusta comer de todo.

Él se muerde el labio y pasa sus ojos por mi cuerpo.

—A mí también, sobre todo sin ropa.

—¡Cameron! no me veas así que me pongo roja.

Se acerca a mi tanto que siento su aliento mentolado.

—No puedo creer que no te des cuenta de lo que provocas en los hombres.

—Según Barnett, lástima.

Él se levanta molesto de la cama.

—Tienes que dejar de pensar en las estupideces que ese hombre te ha dicho, eres muy guapa, tienes un cuerpo espectacular, que si no fuera porque estás un poco débil estuviera llenándolo de besos.

—¿Siempre tienes que ser tan directo?

—Sí, siempre me gusta decir lo que siento.

Me siento un poco incómoda por la manera en que me ve.

—Cameron, ¿qué tanto está pasando por tu cabeza que me pones nerviosa?

—Estoy pensando que si ya estuvieras divorciada te ataría a mi cama para disfrutarte toda la noche.

En ese momento me atraganto con la comida, él se acerca y me da golpes en la espalda mientras se ríe.

—Loren, lo siento, pero así soy yo.

Me quedo seria por un momento, empiezo imaginarme atada a está cama y no puedo evitar sentir un cosquilleo que me recorre el cuerpo, tal vez Barnett tiene razón, soy una mojigata en cuanto al sexo se refiere.

—Deja de pensar, que si vuelves a suspirar de esa manera me olvidaré de que aún no firmas él divorcio.

Me acerco a él y sacando un poco de valentía, lo beso, al principio se sorprende, pero luego responde a mi beso y se acomoda sobre mí, por Dios que manera tiene de besar, casi siento que pierdo la conciencia, empieza a quitarme la blusa y me acaricia los senos, yo le quito el saco como puedo y paso mis manos por su espalda, sus músculos están tensos, comienza a besar mis senos y yo siento que no podré aguantar más para sentirlo dentro de mí.

Me quita el pantalón y cuando comienza a desnudarse me pongo nerviosa al instante, el tamaño de su... su... su amiguito es muy grande, él al verme observándolo así, me sonríe.

—No te preocupes, te prometo que seré muy cuidadoso.

Empezamos a besarnos de nuevo y está a punto de hacerme el amor cuando tocan el timbre.

—¿Pediste más comida?

—No, no tengo idea de quién sea.

El timbre sigue sonando con insistencia y él se pone de pie maldiciendo, empieza a cambiarse y yo también me cambio rápidamente.

Se va a abrir la puerta mientras yo me acomodo el cabello, de pronto entra mi mamá corriendo a la habitación, seguida de Héctor.

—Hija ¿cómo estás?

Se acerca y me toma de la mano.

—Hija tienes tus manos muy calientes, no tendrás temperatura, te noto un poco agitada.

Ay, mamá si supieras que sí tenía y me la iban a bajar antes de que llegarás, en eso entra Cameron a la habitación y sonríe, tiene el cabello un poco revuelto y sus labios muy rojos por los besos que nos dimos.

—No mamá, no tengo nada, ayer me pusieron una inyección y me siento un poco cansada, pero es todo.

—Señora su hija está bien, le pusieron un sedante para calmar su ansiedad y por eso preferí que no se levantara de la cama hasta que se sienta mejor.

—Llámame Nora, por favor.

—Está bien Nora, pero no sé preocupe, como le dije ella está bien.

—Gracias Cameron, pero yo estaría más tranquila si me la llevo a nuestra casa, vamos hija, tienes que descansar y yo puedo estar al pendiente de ti.

Mi mamá me trajo un cambio de ropa, así que sin muchas ganas entro al baño y me cambio, al verme al espejo suspiro, nunca había sentido lo que Cameron me hizo sentir, si con un beso me perdí en sus brazos no quiero imaginarme si hubiéramos terminado lo que empezamos, aunque creo que fue lo mejor que mi mamá nos interrumpiera, me gustaría arreglar primero lo de mi divorcio.

Después de unos minutos salgo lista, mi madre y Héctor están hablando muy entusiasmados con Cameron.

—Hija, ¿es cierto lo que me acaba de decir Cameron?

—No lo sé mamá ¿qué te dijo?

—Que vas a comprar este precioso apartamento.

Volteo para ver a Cameron sorprendida y él me sonríe.

—Hablé con tu agente y llegamos a un acuerdo, sólo es cuestión de que llenes el papeleo y hagas el depósito.

—¿Qué? pero eso no puede ser, este apartamento debe costar una fortuna.

—Hija, nosotros tenemos algunos ahorros y podríamos ayudarte.

—Gracias, Héctor, pero no es necesario, no voy a comprar algo que yo no pueda pagar.

—¿Entonces no lo comprarás? —pregunta mi madre un poco decepcionada.

Cameron se acerca a mí.

—Ya te lo dije, llegué a un acuerdo con tu agente, habla con ella antes de tomar una decisión.

—Está bien, Cameron muchas gracias por todo lo que hiciste por mí.

Me acerco a darle un beso en la mejilla y me dice muy despacio.

—Esto no se va a quedar así, tendré que tomar un baño de agua fría por tu culpa.

—Si te consuela un poco, yo también lo necesitaré.

Él me sonríe y nos vamos a casa de mi madre.

Como esta semana la tengo libre, me voy a casa de mi mejor amiga Gina, en cuanto me abre, me hace un puchero.

—Tengo que confesarte que estoy sentida contigo, no me habías llamado para contarme lo del divorcio y eso que ya pasaron varias semanas.

Le doy un abrazo.

—Lo siento Gina, pero me fui de viaje cuando eso pasó y hace unos días que volví, estoy quedándome con mi madre mientras encuentro un apartamento.

—Ni lo digas, Julián me contó que el idiota de mi cuñado quiere quedarse con todo y tú se lo estás permitiendo.

—Gina, no quiero pelear por cosas materiales, prefiero empezar de nuevo.

—Pero si gracias a ti pudo terminar su carrera, el muy imbécil.

—No te preocupes por eso, además parece que ya tengo un apartamento y no puedes imaginarte lo hermoso que es.

—¿De verdad? Tienes que invitarnos en cuanto te mudes.

—Por supuesto y ¿dónde están mis pequeños angelitos?

—¿Angelitos?, unos diablillos es lo que son, están en la guardería, aún falta para ir a recogerlos.

—Por cierto ¿por qué no fueron a la fiesta del bufete el fin de semana?

—Julio tenía poquita temperatura y no quise dejarlo con la niñera, me dijo Julián que habías ido, espero que seas consciente que Barnett solo te utilizó.

—Sí, pero si te soy sincera pasé una noche bastante agradable, resulta que me encontré ahí a un compañero de trabajo y pasamos una velada increíble.

—Conque un nuevo compañero de trabajo ¿eh?

—Sí y no me veas así que me pones nerviosa.

—Tú te pones nerviosa cuando haces algo malo, así que cuéntame ¿qué fue lo que hiciste con tu nuevo compañero de trabajo?

—Después de la fiesta me dio un ataque de ansiedad muy fuerte, él me llevó a su apartamento e hizo que me revisara una doctora y me tuvieron que poner una inyección para calmarme.

—Eso no tiene nada de malo, no tienes porqué ponerte nerviosa.

—No, si no es por eso por lo que me pongo nerviosa.

—¿Entonces por qué?

—Bueno, sin más rodeos estuve a punto de acostarme con él.

—¡¿Cómo es eso de que estuviste a punto?!— grita Gina sorprendida.

—Estábamos desnudos cuando llegó mi madre.

—Oh, por Dios, la señora Nora interrumpió que te hicieran tú mantenimiento.

—Cállate, tonta, pero la verdad que sí, mi madre llegó a recogerme y no te puedo negar que, aunque sé que no es correcto, me hubiera gustado que termináramos lo que empezamos.

—¿Por qué no es correcto? No me digas que, porque estás casada, si Barnett ni siquiera te tocaba hace mucho tiempo, de seguro andaba con esa bruja desde antes.

—No lo sé, pero me gustaría estar divorciada primero, además se me hace muy rápido tener otra relación.

—Bueno, no tienes porqué comprometerte, con que te haga tú mantenimiento seguido, con eso tienes.

—Gina, tú eres como mi madre ¿no serás su hija perdida?

—Tal vez, oye tengo una duda que no puedo evitar preguntarte.

—¿Cuál?

—¿Viste a tu nuevo compañero desnudo?

—¿Tú qué crees?

—Por la cara de idiota que acabas de poner si lo viste.

—No me preguntes, pero por favor, jamás en mi vida había visto algo así.

En eso entra Julián y sonríe al verme, yo me pongo roja mientras Gina se ríe con ganas.

—¿De qué hablaban, que están tan sospechosas?

Gina contesta rápidamente.

—De cosas muy grandes.

Suelto una carcajada enorme.

—Sí, Julián, de cosas realmente grandes.

El sólo nos observa mientras Gina y yo seguimos riéndonos.

—Bueno, Loren, tengo que darte una noticia, parece que Barnett va a firmar el divorcio esta semana y si todo sale bien en unas semanas serás libre.

Me acerco y le doy un abrazo.

—Muchas gracias, Julián.

—Parece que por parte del bufete lo están presionando, no sé cómo se enteraron.

—Bueno, yo tampoco y realmente no me importa, por fin voy a comenzar una nueva vida y dejaré de ser la señora Hank.

Gina me abraza.

—Sí, amiga, a disfrutar de las cosas grandes que tiene la vida.

Yo no puedo aguantarme y suelto una enorme carcajada.

—Estás loca, Gina, pero así te quiero.

—Más te vale.

Paso la mayor parte del día con ellos, cuando llegan mis pequeños están felices con su madrina Loren y yo encantada con ellos.

Más tarde esa noche regreso a casa de mi madre, como ya era muy tarde, llego directamente a dormir, mis sobrinos son hermosos, pero me dejaron bastante agotada, en la mañana me despierta muy temprano mi teléfono.

—¿Hola?

—Loren, soy Beth. Ya tengo listos los papeles para el apartamento.

—Hola Beth ¿cuál apartamento?

—El señor Parker me hizo una buena oferta y me comentó que estabas de acuerdo, sólo tienes que venir a firmar y te entrego las llaves.

—Beth, pero es una locura, ese no es un apartamento, es un penthouse.

—Bueno, si yo fuera tú aprovecharía la oportunidad, cosas como esta no siempre suceden.

—No lo sé, la cantidad de dinero que tengo no creo que sea suficiente.

—Vamos, Loren, anímate y ven a firmar, él está de acuerdo con el precio.

—Pero esto sería una pérdida de dinero para él.

—Tal vez, pero me dejo muy claro que solo a ti te daba ese precio ¿y a que no sabes qué?

—¿Qué?

—Te lo va a dejar amueblado.

—Déjame lo llamo y en un rato más paso por tu oficina.

—Muy bien, Loren, aquí te espero.

Busco el teléfono de Cameron en la lista de empleados y lo llamo.

—¿Sí?

—Hola, Cameron, soy Loren.

—Hola, Loren que alegría escucharte ¿me hablas para que terminemos lo que tenemos pendiente?

—Por desgracia no.

—Esa sí que es una mala noticia.

—Te hablo porque acabo de hablar con mi agente y dice que tiene el contrato listo.

—Me parece muy bien.

—Cameron, yo no quiero que por mi culpa pierdas dinero con esta venta, además los muebles que tiene son carísimos, no me siento cómoda.

—Vamos, Loren, acéptalo, no tiene nada de malo que trate de ayudarte un poco, además no estoy regalándote nada, me vas a pagar por todo.

—Cameron sabes perfectamente que el precio que me estás dando no es lo que vale.

Escucho la voz de una pequeña hablando con él.

—Cameron, lo siento estás ocupado y yo quitándote el tiempo.

—Oh no, no digas eso, tú nunca me quitarías el tiempo, ¿qué te parece si te invito a comer y hablamos del apartamento?

—Está bien ¿dónde nos vemos?

—Te mandaré la dirección y aquí te espero.

—Muy bien.

Cuelgo y me doy una ducha, me pongo un vestido cómodo y un poquito de maquillaje, mi cabello sólo necesita un poco de crema humectante y queda muy bien.

—Hola hija ¿a dónde vas?

—Voy a comer con Cameron, mamá, tenemos que hablar del apartamento.

—Hija, ese muchacho es muy guapo y agradable, me cayó muy bien, nada que ver con el Bobonett.

—Ay mamá, deja de llamarlo así.

—Nunca hija, que te vaya muy bien y diviértete, el cuerpo necesita mantenimiento.

—Mamá, parece que estoy escuchando a Gina.

—Bueno hija, lo siento, pero es la verdad, a ti se te nota que hace mucho tiempo no tienes una buena dosis de mantenimiento.

—Me voy, no quiero seguir escuchando obscenidades.

Mi mamá sonríe.

—En caso de que no vayas a volver avísame.

—¡Mamá!

No puede ser, acaso mi madre y Gina se pusieron de acuerdo, aunque muy en el fondo sólo de recordar a Cameron desnudo, siento hasta bochornos.

Al llegar a la dirección que me mandó me sorprendo un poco, es un restaurante de comida rápida, entro y está sentado muy entretenido comiéndose una hamburguesa, está vestido casual con un pantalón de mezclilla y una camisa azul que resalta sus ojos, creo que siente como estoy devorándolo con la mirada porque voltea a verme y sonríe.

Se acerca y me da un beso en los labios.

—Hola mi Caperucita roja.

—¿Caperucita roja?

—Sí, no puedo sacarte de mi mente con ese vestido rojo y literalmente me convierto en un lobo que se muere por comerte.

Me pongo roja y él suelta una carcajada.

—Cameron, no puedes ir por ahí diciéndome esas cosas.

—¿Por qué no? ¿Qué me lo impide?

—La vergüenza, bueno, aunque tú, no creo que la conozcas.

Nos sentamos en una pequeña mesa sin dejar de reírnos, de pronto se acerca a nosotros la pequeña niña con la que lo vi en el estacionamiento del aeropuerto, tiene los ojos azules como él, pero su cabello es más oscuro.

—Papi me hice un pequeño raspón.

Él la revisa con mucho cuidado.

—Mi princesa, no te paso nada.

—Ponme algo papi, por favor, me duele.

Me acerco a ella.

—Hola, pequeña, ¿me dejas revisarte?

—Sí ¿quién eres?

Cameron le sonríe.

—Es mi amiga Loren.

—Yo soy Zoe.

—Mucho gusto, Zoe, yo tengo una tirita de perritos ¿quieres que te la ponga?

A ella se le ilumina su carita.

—Sí, me encantan los perritos, pero mi mamá no quiere comprarme uno, dice que son muy sucios.

Le pongo la tirita, ella se levanta muy contenta y se va a jugar de nuevo.

—Con que tiritas de perritos, ¿eh? Y yo pensando que eras mayor de edad.

Suelto una carcajada.

—Bueno tengo dos ahijados a los que adoro y les encantan las tiritas de perritos, ¿qué puedo hacer?

—¿Te gustan mucho los niños verdad?

—Sí.

—Si no te molesta la pregunta ¿por qué no tuviste con Barnett?

Suspiro con tristeza antes de contestarle.

—Al principio lo intentamos, pero no se dio y después porque él no volvió a tocarme.

—Definitivamente algunos hombres son imbéciles de nacimiento.

—Bueno, pero tú me invitaste a comer ¿dónde están mi hamburguesa y mis papas?

Sonríe y rápidamente va a hacer la orden. En un rato vuelve con mi hamburguesa.

—Cameron, no puedo aceptar tu apartamento.

—Loren, no seas tan terca.

—Nunca he necesitado de nadie para comprar mis cosas y para ser sincera, cuando Barnett compraba algo, no dejaba de presumir, tal vez por eso prefiero una vida más sencilla.

Él se pone un poco rojo.

—Bueno, ¿te parece si firmas el contrato y después hacemos un convenio tú y yo para que me pagues lo que tú creas que falta?

—Y ¿si no te pago?

—Bueno yo puedo aceptar todo tipo de pagos ya sabes una noche de pasión o algo así.

—Contigo no se puede hablar en serio.

Me cierra un ojo.

—¿Y ahorita vas hasta Aspen?

—No, tengo que dejar a Zoe con su madre y después me voy a quedar en el apartamento esta noche, bueno si no te molesta porque ya será tuyo, aunque puedes darte una vuelta para que me des el enganche del apartamento.

Pongo los ojos en blanco.

—Eres imposible.

—¿Entonces vas a firmar?

—Sí, ahorita paso a la agencia para llevar el cheque y recoger las llaves.

—¿Quieres que te ayude a mudarte?

—Tengo unas cuantas cajas, en realidad no me llevé nada del apartamento de Barnett, la mayoría de las cosas las compró él y no eran mucho de mi agrado.

—Perfecto, ¿qué te parece si me acompañas a dejar a Zoe y vamos a firmar juntos?

—Bueno, si después me acompañas a comprar algunas cosas para decorarlo.

—Siempre y cuando no seas de las mujeres que tardan horas en las tiendas.

—No, fíjate que no me gusta ir de compras, pero quiero ponerle algunos detalles al apartamento para sentirme más familiarizada.

—Está bien, voy a llamar a Zoe.

Dejamos mi coche en el restaurante y nos vamos en su camioneta a la casa de la mamá de Zoe. Está en una zona muy exclusiva y es preciosa.

—Loren, ojalá puedas acompañarnos en otra ocasión a pasear a mi papi y a mí.

—Claro que sí pequeña, nos vemos después.

Me da un beso muy contenta y se baja con su papá, les abre una chica de servicio, la niña le da un beso a Cameron y entra a la casa.

Cameron regresa un poco triste.

—Es muy difícil tener custodia compartida, aunque por mi trabajo es lo mejor para Zoe.

—Me lo imagino.

—La mamá de Zoe era mi mejor amiga, nos llevábamos muy bien, una noche se metió en mi habitación y no pude rechazarla, intentamos tener una relación, pero no funcionó y antes de que termináramos salió embarazada, en ese momento cambió mucho, todo se volvió material para ella, se enojó porque no quise casarme y aunque al principio no me dejaba ver a Zoe, mi hermana me ayudó con eso.

Le tomo la mano y él sonríe.

—¿Por qué no te conocí antes? —pregunta melancólico.

—Porque no era el momento adecuado.

—Tienes razón.

Llegamos a la agencia y todo sucede muy rápido, cuando menos lo pienso tengo las llaves de mi nuevo apartamento, que es todo un sueño.

Cameron me acompaña a las tiendas y me sorprende saber que tenemos gustos muy parecidos, compramos algunas cosas para decorar el apartamento y él intenta pagar, pero no se lo permito.

—No puedo creer que seas tan terca —dice mientras sube las bolsas de las cosas que compramos.

—Ya te lo dije, me gusta ser independiente.

—Bueno, tenemos algo de tiempo ¿quieres que te ayude a llevar las cajas al apartamento?

—Oye y ¿no te ibas a quedar a dormir ahí?

—Sí, eso tenía pensado, pero no importa puedo irme a un hotel esta noche.

—Oh no, de ninguna manera, te quedas ahí y mañana me ayudas a mudarme.

—Tengo una idea mejor.

—¿Cuál?

—Vamos a tu casa y recogemos tus cosas, después nos vamos al apartamento y arreglamos una cuenta que tenemos pendiente.

Me pongo nerviosa sólo de imaginarlo.

—Mañana por la noche tenemos un vuelo, no puedes desvelarte, recuerda que estaremos casi un mes fuera.

—Si lo sé, además tengo que ir a Aspen a arreglar algunas cosas antes de salir.

—Ya ves.

Se acerca y me da un beso.

—Tú tienes la culpa, te tengo cerca y no puedo pensar en otra cosa que no sea desnudarte.

—¡Cameron!

Si supiera que yo estoy igual o peor que él.

—Está bien, no volveré a decir mis pensamientos en voz alta.

—Eso espero, entonces vamos a recoger mis cosas y después te vas a Aspen para que descanses.

Me hace un puchero.

—Sólo porque tienes razón, tengo que descansar para los próximos vuelos.

Vamos a recoger mi coche y llegamos a casa de mi madre, ella y Héctor están sentados afuera tomándose una limonada.

—Hola Cameron, que gusto verte de nuevo.

—Gracias Nora, también me da gusto verlos de nuevo —sonríe y se acerca para saludarlos, mi madre de inmediato lo acerca y le da un beso en la mejilla.

—¿Cameron te ofrezco una limonada?

—Sí, Nora, gracias.

Cameron ya sé echó a la bolsa a mi madre, definitivamente, mientras ellos se quedan platicando yo me voy a recoger mis cajas, estoy muy entretenida cuando entra Cameron.

—Así que esta es tu habitación de soltera.

—Sí, algo así.

—Me gusta cómo puedo descubrir tu forma de ser solo viendo tu habitación.

—Ah, ¿sí?, según tú, ¿cómo soy?

—Eres una mujer muy sencilla, valiente, emprendedora, autosuficiente y muy hermosa.

Se me hace un nudo en la garganta por la manera en que me está observando.

—¿Todo eso lo supiste viendo mi habitación?

—No, en realidad lo supe desde que te vi la primera vez.

Se acerca y me sorprende cuando comienza a besarme, yo de inmediato me pierdo en sus brazos, de pronto escuchamos un carraspeó en la puerta que nos hace separarnos.

—Hija, muchas felicidades por tu apartamento ¿necesitas ayuda?

—No creo mamá.

—Ah, pero claro que sí, Héctor ven y ayúdanos a cargar cajas que mi hija hoy estrena apartamento, además uno de lujo.

Cameron sonríe y terminamos de empacar entre todos, por más que Cameron le insistió a mi madre que nosotros podíamos con todo, no aceptó. Vienen ella y Héctor en su coche, para ayudarnos.

Llegamos y empezamos a bajar todo, Héctor trae un poco de mandado y empieza a cocinar mientras nosotros acomodamos las cosas.

Cameron aprovecha cualquier momento para darme pequeños besos, según yo, no deberíamos, pero igual no puedo resistirme.

—Ya está lista la comida.

Nos grita Héctor desde la cocina, nos sentamos y disfrutamos de una deliciosa pasta.

—Héctor estoy sorprendido, qué bien cocina, nunca me lo hubiera imaginado —dice Cameron saboreando la comida.

Mi madre sonríe y ve a Héctor con cariño.

—Por eso me enamoré de él, me conquistó con sus deliciosos platillos.

Cameron sonríe y se pone de pie.

—Bueno, yo tengo que irme, me espera un viaje un poco largo y ya es tarde.

Se despide de mi madre y de Héctor, mientras yo lo acompaño a la puerta, saca de su bolsa las llaves.

—Yo tenía una copia y aunque quisiera quedarme con ella, sé que no es lo correcto.

La tomo y me quedo pensando, la verdad me gustaría dejársela, pero quiero tomarme mi tiempo.

Me da un beso en los labios y se va, regreso a la cocina y mi mamá y Héctor están muy risueños.

—Hija, cada día me cae mejor este chico.

—A mí también, mamá.

—Aunque no sé porque siento que lo había visto antes, tiene un aire de hombre millonario.

—Sí, a veces yo también lo creo, pero si fuera millonario no tendría porqué trabajar de piloto.

—Tal vez gana muy bien.

—Sí gana bien, pero a veces creo que su ropa es mucho más cara, tan sólo vean este apartamento.

—Bueno hija no pienses mal, se ve muy decente, además estoy feliz de ver cómo te trata, él sí es un caballero no como ese Bobonett con el que estabas casada.

Héctor sonríe.

—Bueno Loren, lo que se te ofrezca no dudes en llamarnos.

—Gracias Héctor, por todo. La cena estuvo deliciosa.

Les doy un abrazo y los acompaño a la puerta, se van y volteo a ver el apartamento, la verdad estoy feliz, es hermoso, tiene tres habitaciones cada una con su baño, tiene una hermosa vista, el baño principal tiene una tina de hidromasaje, la cocina es enorme y está completamente equipada, mis ojos se llenan de lágrimas, pero en está ocasión son de felicidad.

Hago algunos cambios no muy drásticos porque me encanta la decoración, pero quiero sentirme más familiarizada, cuando por fin termino quedo encantada con el resultado, estoy tentada a estrenar la tina, pero tengo que acostarme porque es muy tarde, está casi amaneciendo y esta noche vuelvo a trabajar.

Capítulo 4

Por la mañana me despierta mi teléfono.

—Hola —contesto más dormida que despierta.

—Buenas tardes Caperucita, quería avisarte que en un ratito llego para que comamos juntos y después irnos al aeropuerto.

Veo el reloj y pego un grito de sorpresa.

—Lo sé, acabas de ver la hora ¿verdad?

—Sí, me dormí muy tarde.

—Me lo imaginé, por eso no te desperté antes, pero bueno estoy a diez minutos de llegar.

Cuelga y me levanto de un salto. Corriendo, agarro mi ropa para darme una ducha que por cierto ha sido la más rápida que me he dado en toda mi vida.

Estoy terminando de cambiarme cuando suena el timbre, abro la puerta y Cameron me sonríe, ya viene con su uniforme puesto, trago saliva para no pensar en cómo se le ve, cuando comienza a caminar para la cocina, mis ojos no pueden despegarse de su... su… bueno sí, de su enorme trasero.

—Siento perfectamente donde está tu mirada en éste momento.

Suelto una enorme carcajada.

—¿Nunca te han dicho que eres muy vanidoso?

—No, me han dicho que estoy guapo y sabroso, pero no vanidoso.

Vuelvo a reírme sin poder evitarlo.

—¿Sabroso?

—Bueno está bien, eso no me lo han dicho, a mí se me ocurrió.

—Ya decía yo que estabas exagerando.

Se acerca y me besa.

—Vamos a comer antes de que empiece con el postre.

Estamos comiendo cuando suena mi teléfono, es Barnett, no contesto y sigue insistiendo.

—Es mejor que le contestes.

No tengo ganas de pelear, pero tiene razón.

—¿Qué quieres Barnett?

—Vine a buscarte a casa de tu madre y la muy bruja se atrevió a correrme con el rifle en la mano.

—Bueno, tú te lo buscaste ¿qué quieres?

—Ya firmé el divorcio.

—Sí, lo sé, me lo dijo Julián.

—El juez quiere que te dé la mitad de mi apartamento.

—No te preocupes que yo no lo quiero.

—Está bien, me alegra escuchar eso ¿dónde vives?

—No tengo porqué decírtelo.

—Loren he estado pensando mucho en ti, creo que todavía tenemos una oportunidad.

—No Barnett, me cansé de tus humillaciones, de que siempre controlaras mi vida, de tu obsesión por ser millonario y arrastrarme contigo para aparentar lo que no éramos.

—Loren, dime dónde vives, tenemos que hablar.

—No y por favor deja de llamarme, ya no tenemos nada de qué hablar.

Cuelgo y Cameron toma mi mano y la besa.

—Estoy muy orgulloso de ti, eres una mujer muy fuerte.

—¿Lo supiste por cómo decoré el apartamento?

Él me sonríe.

—Por cierto, me gusta mucho, quedó perfecto.

Terminamos de comer y entre los dos recogemos todo.

—Gracias por la comida, estaba deliciosa.

—De nada, ¿no quieres pasar al postre?

—Me parece que no, aún no hago mi maleta.

—Bueno, vamos para ayudarte.

Y sí me ayuda, se pone y me escoge toda la ropa interior.

—¿Enserio Cameron, la ropa interior?

—Bueno, tú no especificaste con qué necesitabas ayuda y recuerda que yo...

—Sí, lo sé, eres un alma caritativa.

—Exacto, por cierto, el viaje será de 15 días, para que podamos descansar.

—¿En serio? La señora Weston no me avisó.

—Fue un cambio de última hora.

—Está mejor, porque cuando son viajes tan largos es muy pesado.

—Lo sé, no te preocupes que ya no habrá ese tipo de viajes.

Lo dice con tanta seguridad que yo le creo, de igual manera me gusta mi trabajo, así que, por mí, no hay problema.

Por fin terminamos de empacar y ya es la hora de irnos al aeropuerto.

—Vámonos en mi coche y yo te traigo cuando regresemos.

—Está bien.

Nos subimos a su coche y por poco se me cae la baba cuando lo veo, es un precioso Maserati negro, decir que es de lujo se queda corto, ya estoy pensando mal de Cameron, ¿será que anda en malos pasos y yo voy a ser su cómplice por haber aceptado el apartamento?

—¿Qué tienes Caperucita, por qué estás tan callada?

Paso saliva un poco nerviosa.

—No tengo nada.

En eso suena mi teléfono y contesto rápidamente.

—Hola, Julián.

—Hola, Loren, tengo que hablar contigo, es algo importante.

—Julián, voy camino al aeropuerto, en unas horas salimos de viaje.

—¿Puedes llegar de pasada? será rápido.

Volteo para ver a Cameron y él asiente.

—Está bien, ahí llego.

Cuelgo y suspiro.

—Lo siento, dice que es algo importante.

—No te preocupes, tenemos tiempo.

Le doy la dirección y no tardamos mucho en llegar, al entrar mis pequeños corren a abrazarme.

—¡Madrina!

Yo los lleno de besos y Gina se acerca para darme un beso.

—Amiga, no puedo creer lo que mis ojos ven.

—¡Cállate!

—Oh no, no puedo, con razón te ves rejuvenecida, mi Julián está muy guapo, pero tu piloto le dice "quítate que ya llegué".

No puedo evitar una enorme carcajada y Cameron se acerca.

—Lo siento, Cameron, ella es mi mejor amiga Gina y su esposo Julián, mi abogado.

Cameron les da la mano.

—Mucho gusto.

Julián lo ve con curiosidad.

—No sé porqué, pero siento que ya te había visto en otra parte.

—Tal vez Julián, su hermana es abogada también.

—Con razón, pero bueno, déjame te muestro el papel que acabo de recibir.

Julián me entrega una copia de mi contrato por la compra del apartamento.

—¿De dónde sacaste esto? Si apenas ayer lo firmé.

—Me lo mandó Barnett, no tengo idea de cómo se enteró y lo peor es que quiere la mitad del apartamento.

—¿Qué?

Empiezo a sentirme un poco mal y Cameron me acerca una silla.

—Cálmate Loren, estoy seguro de que no procede ¿o sí? —le pregunta a Julián preocupado.

—No, lo único que quiere es retrasar la demanda, pero no te preocupes que no se lo voy a permitir. Te lo quise decir para que estés lista por cualquier cosa, no sé de qué sea capaz mi hermano y menos sabiendo que tu nuevo apartamento cuesta una fortuna.

Cameron se queda viéndome con curiosidad.

—¿Crees que pueda hacer algo? —pregunto preocupada.

—Quisiera decirte que no, pero no lo sé —contesta Julián un poco triste.

Me preocupa pensar que si se entera de que Cameron anda en malos pasos nos denuncie. Me pongo más nerviosa y empiezo a temblar, Cameron lo nota de inmediato.

—Gina ¿le puede dar un vaso con agua a Loren?

Gina me lo trae rápidamente, cuando estoy más calmada me pongo de pie.

—Bueno, gracias por avisarme Julián, nosotros tenemos que irnos, lo que sí te puedo decir es que no tiene mucho de haberse enterado, ya que esta mañana me llamó para preguntarme dónde vivía.

—Sólo quiere molestarte, así que no te preocupes por él —dice Gina muy enojada.

Cameron y yo nos despedimos y seguimos nuestro camino al aeropuerto.

—No te pongas tan nerviosa, yo te voy a ayudar para que Barnett no te haga nada.

Le sonrío, pero me pongo más nerviosa, ¿qué tal sea un matón a sueldo y quiera mandar matar a Barnett?, aunque no tiene cara de matón, pero ya en este mundo no se sabe, caras vemos, mañas no sabemos.

Llegamos al aeropuerto y le entrega las llaves a un hombre que está esperándolo, es el mismo que vino a recogerlo en la limusina.

Me adelanto y entro a la sala de reuniones, ya están la mayoría de nuestros compañeros listos, los saludo a todos y Ana se acerca.

—Ahí viene la mejor parte de este trabajo.

Me doy la vuelta para ver a qué o a quién se refiere y viene entrando Cameron muy sonriente, saluda a todos y cuando se acerca a mí, me da un beso en la mejilla.

—No creas que no me di cuenta de que te adelantaste para que no nos vieran llegar juntos.

—No quiero comentarios mal intencionados, además no me siento lista.

—Lo entiendo, no te preocupes, soy un hombre paciente.

Se llega la hora de irnos y no puedo negar que en cuanto el avión despega me olvido de todo y me concentro en mi trabajo.

Después de varios vuelos por fin aterrizamos en Chicago y tenemos una noche para descansar, estamos recogiendo nuestras cosas para ir al hotel cuando se acerca Cris.

—Loren, vamos a ir todos a cenar, ¿te gustaría acompañarnos?

Cameron sonríe y se queda esperando mi respuesta, para no hacerlo sentir mal, también lo invito.

—¿Qué dices, Cameron? ¿te animas a acompañarnos?

Sonríe y se muerde el labio.

—Sí, ¿por qué no? Vamos.

Tomamos un taxi a un restaurante mexicano y todos disfrutamos de una deliciosa comida, Ana no deja de coquetear con Cameron y él se ve un poco incómodo.

Cris acerca una silla y se sienta a mi lado.

—Loren, me enteré de que te estás divorciando.

Me sorprende mucho porque toma mi mano.

—Cualquier cosa que necesites aquí estoy para ayudarte.

—Gracias Cris.

Cameron se pone rojo y se levanta de prisa.

—Yo tengo que irme a descansar, los dejo chicos, que sigan disfrutando de la noche.

Se que está enojado y me pongo de pie.

—Cameron ¿te importaría si me voy contigo? Estoy agotada.

—Claro que no, vamos.

Me pongo de pie y me despido de todos, nos subimos al taxi y él va muy serio.

—¿Qué te pasa?

—¿Te reirías de mí si te digo que nunca había sentido celos en mi vida?

—¿En serio?

Me toma de las manos.

—Siempre he sido un hombre que ha disfrutado de la vida, nunca me había enamorado. Cuando nació mi hija, dejé mi vida de fiestas y de diversión a un lado para dedicarme a trabajar y darle un buen futuro.

Cuando vi que Cris te tomo las manos, sentí que me hervía la sangre de una manera extraña, nunca lo había sentido antes.

—La verdad yo no tenía idea de lo que Cris sentía por mí.

Llegamos al hotel y cuando vamos subiendo en el elevador me toma de la mano.

—¿Puedes venir a mi habitación? Me gustaría hablar contigo.

—Paso a dejar mi maleta y te alcanzo.

Él toma mi maleta y niega con la cabeza.

—Vamos.

Lo sigo y cuando abre su habitación me doy cuenta de que no es sencilla como las de nosotros, definitivamente es narcotraficante.

—¿Quieres algo de tomar?

—Una cerveza.

Creo que eso me hará olvidarme de que estoy con un hombre peligroso. Llega con las cervezas y se sienta a mi lado.

—Loren, sé que estás pasando por un divorcio algo difícil, y yo lo menos que quiero es traer más problemas a tu vida.

De seguro me está preparando para decirme a que se dedica.

—Hay muchas cosas que tengo que decirte, pero en este momento no puedo hacerlo, después te daré las explicaciones necesarias, sólo te pido que confíes en mí.

No, si yo si confío en él, lo que no me gusta es la manera que obtiene el dinero. Parece que lee mis pensamientos porque sonríe.

—Bueno como pudiste ver, el que Cris te tomara de la mano me tomó por sorpresa, una muy desagradable, por cierto, me di cuenta de que lo que siento por ti es más fuerte de lo que yo me imaginaba, así que necesito hacerte una pregunta antes de que sigamos con todo esto. ¿Crees que tendría alguna oportunidad contigo o sólo estoy perdiendo mi tiempo?

Me pongo de pie y empiezo a caminar de un lado para otro.

—Cameron, no puedo negarte que siento algo por ti, pero también creo que es muy pronto.

—No te estoy pidiendo que vivamos juntos, porque sé que necesitas tiempo, pero me gustaría que empezáramos una relación y conocernos mejor.

—No puedo prometerte nada, pero podemos intentarlo.

Se levanta de un salto y me da un abrazo.

—Te prometo que no voy a presionarte.

—Eso espero.

Lo abrazo y nos quedamos por un momento cada uno en nuestros pensamientos, no sé en lo que me estoy metiendo, pero siento una necesidad tan grande de aceptarlo que no me arrepiento, espero que cuando esté en la cárcel acusada de ser su cómplice, siga sin arrepentirme.

Comienza a besarme y yo le respondo, empezamos a desnudarnos y me lleva en los brazos a la cama.

—No puedes imaginarte cuánto te deseo.

Al quedar desnudos se pone de pie y me observa.

—Eres perfecta, no cambiaría nada de ti.

Mis ojos se llenan de lágrimas porque su mirada me hace creerle, él se acerca y las seca con sus besos, besa cada parte de mi cuerpo y yo estoy ansiosa por sentirlo.

—Calma, Caperucita, que este lobo quiere disfrutarte poco a poco.

Y vaya que lo hace, disfruta de mi cuerpo de una manera tan especial que no puedo dejar de llorar, cuando por fin lo siento dentro de mí, no puedo creer que sea real, mi cuerpo tiembla por las sensaciones y lo abrazo para acercarlo más.

—Eres el cielo, definitivamente me siento en las nubes.

Yo, aunque quisiera, no puedo hablar, le paso mis manos por su espalda y lo beso con desesperación.

—Te amo, Loren, nunca lo olvides.

Al escuchar sus palabras mi cuerpo estalla en una sensación de placer que jamás había sentido, casi al mismo tiempo él hace un sonido muy varonil que me eriza la piel por completo.

Se queda por un momento quieto y después se acomoda a mi lado.

—Loren, eres la persona más especial que he conocido en mi vida.

Mis lágrimas no dejan de correr por mis mejillas y él las limpia.

—No llores, Caperucita.

—Cameron, nunca me había sentido tan amada como esta noche, no puedo explicarte lo que siento.

Él me sonríe con ternura y se vuelve a acomodar sobre mí.

—Bueno, de ahora en adelante así será.

Hacemos el amor toda la noche y aunque creo que no puedo tener un orgasmo más, me sorprendo cuando Cameron lo consigue, me sonríe con prepotencia, y yo pensando que era una mujer frígida.

Por la mañana me despierto con una enorme sonrisa, al intentar estirarme como lo hago todas las mañanas no puedo, me duele de la punta de la cabeza, hasta los dedos de los pies.

Me estoy dando una ducha y no dejo de recordar la manera tan apasionada que Cameron me hizo el amor, y yo perdiendo tantos años de mi vida pensando que Barnett sabía hacer el amor, qué equivocada estaba. Estoy sonriendo metida en mis pensamientos cuando siento las manos de Cameron en mi cintura.

—Caperucita ¿de casualidad necesitas ayuda con tu baño? Tengo que confesar que soy un experto en dar baños.

Sonrío y le paso las manos por el cuello.

—Bueno, me gustaría verlo, señor Parker.

Sonríe y me pega a la pared, yo paso mis piernas alrededor de su cintura y se me olvida que me dolía algo, viajamos de nuevo al cielo.

Salimos del baño y se acerca a mí.

—Estoy pensando muy seriamente que no podré cumplir mi promesa.

—¿Cuál promesa?

—La de no vivir juntos, no creo que pueda volver a dormir alejado de ti.

Sonrío y le doy un beso.

—Cameron debes tenerme un poco de paciencia, es lo único que te pido.

—Iremos a tu ritmo, te lo prometo.

—Hay algo que tal vez no te va a gustar.

—¿Qué será?

Me acerco y lo tomo de las manos.

—Por ahora no me gustaría que nadie lo supiera.

—Tienes razón, no me gusta la idea, pero respeto tu decisión, sólo te pido un favor.

—El que sea.

—No quiero a Cris tan cerca de ti.

—No te preocupes, yo solo lo veo como un compañero de trabajo, en realidad estoy muy interesada en otro hombre.

—¿Ah sí y de quién me tengo que encelar entonces?

—De un lobo feroz que se anda comiendo a tu Caperucita roja.

Sonríe y me besa.

—Bueno, no quiero quitarte la diversión, pero tenemos que ir a desayunar que se hace tarde, seguramente todos están en el comedor.

—¿Quieres adelantarte? Voy a llamar a Zoe.

—Claro, salúdala de mi parte.

Le doy un beso y él me da una nalgada. Volteo para verlo sorprendida y me sonríe con una cara de yo no fui, que ni él mismo se cree.

Bajo al comedor y como lo pensé, ya están todos desayunando, Cris al verme se levanta.

—Hola Loren.

—Hola a todos, buenos días.

Ana sonríe.

—Vaya, te ves muy bien esta mañana, creo que te sentó muy bien el descanso.

—La verdad que sí, me sentó de maravilla.

Dejo mi maleta y tomo un plato para servirme, en eso viene llegando Cameron y saluda a todos también, toma un plato y comienza a servirse, Ana se pone de pie.

—Cameron aquí hay un lugar para ti y enseguida de Cris hay otro para Loren.

Cameron sonríe y se sienta enseguida de Cris, yo me siento enseguida de Ana y todos se quedan viéndolo.

—Sucede algo ¿por qué me ven así?

Cris le contesta muy serio mientras yo me aguanto la risa.

—Entendiste al revés el mensaje Cameron, esté lugar era para Loren.

—Bueno lo siento, qué más da dónde nos sentemos, si solo estamos aquí para desayunar.

Terminamos de desayunar y recibo una llamada, es Julián, me levanto y me alejo para contestarle.

—Loren, por fin estas divorciada, eres una mujer libre, no sé qué sucedió, pero Barnett dio su brazo a torcer y se agilizó el trámite.

—¿De verdad? Muchas gracias, Julián, quiero que me mandes tus honorarios no sabes lo agradecida que estoy contigo.

—Déjate de tonterías, ¿cuáles honorarios?, siempre me he sentido culpable porque fue culpa mía que conocieras a Barnett.

—No te preocupes, creo que todo en esta vida pasa por algo y a mí me tocaba pasar por un mal matrimonio para valorarme más.

—Me da gusto escuchar eso, cuando regreses nos avisas para invitarte a cenar.

—Sí, pero mejor los invito yo a cenar ¿qué te parece?

—Perfecto, estamos ansiosos por conocer tu nuevo apartamento.

—De nuevo muchas gracias, Julián.

Nos despedimos y al darme la vuelta me topo con Cameron, se acerca y me besa, yo volteo a todos lados para asegurarme que nadie nos vio.

—Ya se fueron, no te preocupes, cuéntame que sucede que estás tan risueña por una razón ajena a mí.

—Por fin, soy una mujer libre.

Él sonríe y me levanta en los brazos.

—Me alegro mucho por ti, pero para ser sincero más por mí.

Tomamos nuestras maletas y salimos felices rumbo al aeropuerto. Los siguientes días pasan como un sueño, en cada descanso nos quedamos juntos disfrutando al máximo, creo que me estoy haciendo adicta a Cameron, no puedo dejar de tocarlo y los momentos que pasamos separados ansió sus caricias como loca.

Estos son los últimos vuelos, para llegar a Colorado en unas horas y descansar, entro al baño de empleados en el avión y antes de que pueda cerrar entra Cameron y cierra con prisa, yo me pongo nerviosa al instante.

—Cameron ¿qué haces aquí, te volviste loco?

—Si, pero por ti, perdóname, Loren, pero no puedo aguantar hasta que lleguemos a Colorado, aún faltan 5 horas, además nadie me vio entrar, te lo juro.

Ni siquiera me da tiempo de pensar cuando ya me subió la falda y de un empujón lo siento llenándome por completo.

—Creo que eres la razón por la que respiro cada día.

Me olvido de los nervios y disfruto de sus caricias cuando de pronto me sorprende esa sensación de placer que tanto me gusta y le muerdo el labio, un poco después hace su sonido tan varonil que me encanta y se queda un momento en silencio.

Cuando voltea a verme me doy cuenta de que lo mordí un poco fuerte porque tiene sangre en el labio.

—Cameron, lo siento.

—No te preocupes cariño, no me duele, además creo que saco la fiera que hay en mí, porque no sabes cuantas cosas se me ocurrieron para cuando lleguemos al apartamento.

Nos vestimos, me da un beso y sale vigilando que nadie lo vea, me arreglo un poco y después de unos minutos salgo yo; estoy acomodando unas galletas en las bandejas para los pasajeros y Ana se acerca a mí.

—¿Qué crees Loren?, ahorita Cameron entro al baño y salió con un golpe en el labio.

Me pongo de todos colores al recordar que fue lo que le pasó, agradezco a Dios que Ana no me está viendo.

—¿No será de esos hombres que les gusta el sexo sádico? —dice Ana curiosa.

—Yo más bien pensaría que tuvo algún accidente, porque ¿con quién iba a tener sexo en el baño si todos estamos aquí?

—Sí, tienes razón, es que está tan guapo que no puedo evitar imaginarme tantas cosas a su lado.

—Bueno, ya deja de imaginarte cosas que no son y llévale estas galletas a los pasajeros.

Ella sonríe y se aleja, yo me quedo pensando que nunca había hecho algo así, me perdí tanto en el placer que me hacía sentir Cameron que no medí la fuerza con la que lo mordí, no puedo dejar de sentirme avergonzada.

Aterrizamos en Colorado y vamos a recoger el horario de nuestro siguiente viaje, por alguna razón Cris está muy molesto porque lo cambiaron de equipo y no deja de maldecir, todos se acercan a consolarlo. A mí me puede, pero estos días estuvo demasiado pesado conmigo, en una ocasión fue a mi habitación ya bastante tarde con la excusa de preguntarme algo de trabajo… Cameron se puso furioso.

Por poco salía y le decía sus verdades, aunque yo lo puse en su lugar, le dije que no porque me estuviera divorciando era motivo de que me faltara al respeto buscándome a altas horas de la noche en mi habitación, se quedó un poco desconcertado, pero si se fue y ya no volvió los siguientes días, aunque en el avión no perdía tiempo de acercarse a mí por cualquier tontería.

Me despido y voy saliendo para el estacionamiento cuando escucho que Ana detiene a Cameron.

—Cameron me gustaría invitarte a un nuevo bar que abrieron en la ciudad, me dijeron que está muy padre.

—Ana eres muy amable, pero tengo una cita muy importante con mi novia, y es un poco celosa, literalmente se convierte en un zombi cuando se enoja.

Sigo caminando mientras me aguanto la risa.

—No sabía que tenías novia, lo siento mucho.

—No te preocupes, no me gusta hablar de mi vida privada, pero sí tengo novia y la verdad estoy deseoso por verla, como puedes imaginarte, así que si me permites nos vemos después.

No puedo borrar mi enorme sonrisa cuando me alcanza.

—¿Con que una novia que se convierte en zombi, eh?

—Sí, mira lo que me hizo —señala su labio. —Lo bueno que ya pasaron algunas horas y no me he convertido, quiere decir que ya me libré, por ahora.

Vamos riéndonos cuando llegamos al estacionamiento y está una limusina esperándonos, me siento un poco incómoda de subirme con él, para mí demostrar el dinero es algo muy superficial estoy a punto de decírselo cuando baja Zoe y abraza a Cameron.

—Hola, Loren.

Se acerca y me abraza.

—Hola, princesa.

—Mi papi siempre cumple su promesa, cuando yo vengo a recogerlo me gusta venir en este coche porque es muy divertido.

Le sonrío y ahora lo entiendo.

—Bueno y ¿me vas a invitar para ver qué tan divertido es?

—Claro, ven, te voy a dar un jugo de uva, son mis favoritos y aquí hay muchos.

Me toma de la mano para que me suba a la limusina, en cuanto nos subimos nos da un jugo a cada uno y galletas, abre el vidrio y empieza a cantar, yo no puedo dejar de sonreír, es una pequeña tan hermosa, Cameron se acerca y me toma de la mano.

—Bueno Caperucita, si quieres podemos brindar con esta deliciosa bebida.

Me señala el jugo y yo sonrío.

—Salud.

—¿Papi, vamos a ir a la casa de Aspen?

—Sí mi princesa, vamos a dejar a Loren en su apartamento y de ahí nos vamos.

—¿Por qué no nos acompañas, Loren?

Me sorprendo mucho con su petición y Cameron sonríe.

—Cierto, a ver ¿por qué no nos acompañas?

—Loren, yo tengo muchas muñecas y también una piscina que tiene el agua calientita, mi papi me está enseñando a nadar, también podría enseñarte a ti.

—Bueno, es que yo…

—Anda Loren, di que sí, prometo prestarte mis muñecas.

Cameron se acerca y me dice muy despacio.

—Sólo la tendré el fin de semana.

—Bueno, ¿cómo me voy a negar a ir si Zoe me prestará sus muñecas?

Ella aplaude emocionada y Cameron me sonríe pícaro.

Llegamos a mi apartamento y Zoe está emocionada con los cambios que le hice.

—Papi ¿cuándo me dejarás quedarme a dormir aquí con Loren?

—Eso tienes que preguntárselo a ella, recuerda que esta ahora es su casa.

—Cuando tú quieras Zoe, además sé hacer unas deliciosas galletas de chocolate que te van a encantar.

—Papi por favor, tienes que dejarme quedar un día.

—Claro que sí, aunque a mí no me inviten yo también me quedaré, amo las galletas de chocolate.

—Papi, pero es una noche de chicas no podrás quedarte.

Cameron se sorprende mientras yo me muero de risa.

—Qué lástima Cameron, te perderás las galletas de chocolate —digo sonriendo mientras él hace pucheros.

Me doy una ducha rápida y preparo una pequeña maleta, cuando estoy lista ellos me esperan ansiosos y nos vamos.

Capítulo 5

Para mi sorpresa llegamos a una pequeña pista de aterrizaje y abordamos un jet, que, aunque es pequeño es muy elegante, Zoe y yo nos subimos, mientras Cameron habla con el que parece ser el piloto.

Zoe se sienta y me toma de la mano.

—Loren, ¿a ti no te da miedo volar?

—No, pequeña, recuerda que trabajo como tu papi, en los aviones.

—A mí no me gusta, me da mucho miedo.

—No te preocupes, tú papi es un excelente piloto y jamás dejaría que nada te pase.

A los pocos minutos se sube Cameron y se sienta frente a mí, yo estoy acariciando la cabecita de Zoe y después de unos minutos se queda dormida.

—No puedo creer que mi hija me robe a mi novia.

—Me dijo que tiene miedo a volar ¿por qué vendiste el apartamento en Denver si a ella no le gusta viajar?

—Porque estaba teniendo muchos problemas con su mamá. Se me aparecía a cada rato en el apartamento, cuando Zoe se quedaba conmigo aprovechaba para quedarse ella también y trataba de seducirme, la verdad era muy incómodo.

—¿Y a Aspen, no va?

—Aún no sabe donde vivo, además que no tiene tantas posibilidades, la casa es de Zoe y aunque yo le paso una pensión, con lo que gasta en ropa y joyería no le alcanza, yo quisiera tener la custodia completa de Zoe, pero aún no puedo hacerlo.

Despegamos y seguimos platicando las dos horas de camino, cuando llegamos a Aspen está esperándonos un hombre mayor en la camioneta de Cameron.

—Hola, señor Parker, qué bueno que llegaron, mi esposa les preparo una deliciosa comida.

—Gracias Ted, ¿cómo va todo por aquí?

—Bien, su hermana lo estuvo llamando y dijo que en cuanto llegara se comunique con ella.

—Está bien, ahorita la llamo, gracias.

Baja a Zoe en los brazos y nos vamos a su casa, cuando llego me doy cuenta de que no es una casa, es una enorme mansión, suspiro, ay, Dios mío, ¿por qué siempre tengo que fijarme en los hombres que no me convienen?, estoy segura que si lo llegan a atrapar, me encerrarán por ser su cómplice, mi único consuelo es que su hermana es abogada y nos podrá ayudar.

—No pongas esa cara Caperucita, ya te lo dije, tengo que explicarte algunas cosas.

En eso Zoe despierta y está feliz, Ted baja las maletas mientras Zoe corre a abrazar a una mujer mayor que está esperándola en la puerta.

—Loren, ella es mi ama de llaves Nina, es la esposa de Ted, ellos se encargan de todo aquí en la casa.

Yo me acerco y le doy la mano, es una señora que inspira confianza de inmediato.

—Mucho gusto, señorita Loren.

—Oh no, Nina, llámame, Loren, nada más —me sorprendo mucho al entrar a la casa, es hermosa y tiene una decoración muy elegante, antes de que pueda decir algo Zoe me toma de la mano y me lleva corriendo a su habitación, es muy grande y hermosa, está pintada en color rosa y tiene muchas estrellas blancas.

—Loren ¿te gusta mi habitación?

—Es preciosa, me encanta.

—Si quieres, puedes quedarte a dormir aquí conmigo.

En eso viene entrando Cameron.

—Zoe, Loren es mi novia, así que tiene que dormir en mi habitación.

Ella se queda pensando por un rato.

—¿Entonces se van a casar? —pregunta emocionada.

—Si por mi fuera, mañana mismo, pero no sé lo que diga Loren.

La niña me voltea a ver esperanzada.

—Loren ¿te puedes casar con mi papi mañana?

Me quedo pensando por un momento porque no sé qué contestarle mientras Cameron sonríe por el apuro en el que me acaba de meter.

—Bueno Zoe, mañana no puedo, porque no tengo un vestido de princesa, pero tal vez más adelante.

—Sí, tienes razón, además yo también quiero un vestido de princesa.

—Muy bien entonces más adelante los buscaremos ¿te parece?

—Sí.

Volteo para ver a Cameron y le sonrío.

—Papi, ¿puedo meterme a la piscina?

—Sí, ve, pero no entres hasta que yo baje.

—Ok.

Zoe sale corriendo de la habitación y Cameron se acerca y me besa.

—Muy buena jugada.

—Creíste que iba a caer, ¿verdad?

—No puedo negarlo, por un momento me imaginaba planeando nuestra boda mañana mismo.

Sonreímos y me lleva a su habitación.

—Nina puso tus cosas en el closet, si necesitas algo me lo dices, voy a alcanzar a Zoe en la piscina, si te animas ahí te esperamos.

Me da un beso y se va, me siento en la enorme cama pensando si estoy haciendo lo correcto, no puedo negar que me estoy enamorando de Cameron, pero no sé si me gustaría echar a perder mi vida con un hombre que no sé a qué se dedica y con el dinero que aparentemente tiene, no ha de ser nada bueno.

Me saca de mis pensamientos el sonido de mi teléfono, es Gina.

—Sigo esperando la invitación a comer en tu nuevo apartamento.

—Hola Gina, lo siento, apenas llegué hoy del viaje y me vine a pasar unos días a Aspen, con Cameron.

—No lo puedo creer, por fin te van a quitar las telarañas que tienes ahí abajo.

—Cállate tonta, pero ¿qué crees?... ya me las quitaron.

—¡Cuéntame los detalles, quiero saber todo con pelos y señales! Bueno sin pelos, sólo con las señales.

Suelto una carcajada enorme.

—Tú estás loca, pero para saciar tu depravada curiosidad, puedo decirte que al fin conocí el cielo y flote en medio de las nubes.

Ella pega un enorme grito que hace que me despegue el teléfono de la oreja.

—Estoy feliz por ti, amiga, te mereces ser la mujer más feliz del mundo, te quiero mucho.

Mis ojos se llenan de lágrimas porque nadie más que Gina sabe las humillaciones que sufría con Barnett.

—Gracias, amiga yo también te quiero mucho, y, por cierto, regreso el lunes, ¿qué te parece si los espero a cenar?

—Me parece muy bien ¿quieres que lleve algo? Aparte de mucha hambre y buena vista para vivorear a tu novio un poco.

—No, yo pongo todo, no te preocupes y eso de vivorear a Cameron, que no sea muy descaradamente porque me he vuelto algo celosa.

Ella suelta una carcajada.

—Me alegra escuchar eso, pero no me importa, tengo que verificar que el hombre que mi amiga escogió tiene todo en su lugar.

—Mira ella qué sacrificada.

—Bueno disfruta de tus días en Aspen y nos vemos el lunes, por favor, Loren no te arrepientas de vivir la vida, disfruta al máximo los momentos de felicidad que no tuviste antes.

—Gracias, Gina, un beso a mis enanos.

Más animada me pongo mi traje de baño y sigo los gritos de Zoe. Cuando llego, están los dos muy risueños, Cameron al verme se queda muy serio, por un momento escucho en mi mente los gritos de Barnett diciéndome que me veo ridícula con traje de baño y que estoy gorda; empiezo a escuchar la voz de Zoe a lo lejos.

—Loren, ven.

Cuando salgo de mis pensamientos Cameron está a mi lado.

—¿Estás bien?

—Sí, me distraje un poco.

Me abraza, y me dice con su voz ronca cerca del oído.

—No sé si te prefiero de rojo o con este traje de baño negro, no puedo dejar de verte, tú piel parece una hermosa nube.

Sonrío y Zoe le grita.

—Papi, haz lo que ibas a hacer.

Volteo para ver a Zoe para ver de qué habla y justo en ese momento Cameron me sube en los brazos y salta a la piscina. Yo pego un grito por la sorpresa mientras los dos sonríen encantados.

—Con que se pusieron de acuerdo ¿eh?

Zoe sonríe y me estira los bracitos para que me acerque a ella.

—Eres muy bonita Loren y mi papi se queda viéndote como un tonto.

Suelto una enorme carcajada y Cameron se acerca a nosotros y comienza a echarnos agua.

—Con que un tonto, ¡ya me las pagarán!

Pasamos un rato muy agradable en la piscina, nunca me había reído tanto, ya siento que adoro a Zoe, es una niña encantadora. Vamos a nuestras habitaciones para darnos un baño y cambiarnos para cenar.

Cameron se queda haciendo unas llamadas, mientras estoy en la ducha me quedo pensando en lo que ha cambiado mi vida estos últimos días, creo que Gina tiene razón, voy a disfrutar al máximo lo que la vida me está ofreciendo.

Salgo del baño y Zoe me está esperando sentada en la cama, trae un hermoso vestido rosa y su cabello aún está húmedo.

—Loren, ¿me puedes peinar?, Nina está ocupada con la comida y mi papi no sabe, me hace las colitas chuecas.

Sonrío.

—Claro, déjame cambiarme y te peino.

Entro al enorme closet y me pongo un vestido blanco, humecto mi cabello y solo me pongo brillo en los labios, Zoe se acerca a mí.

—¿Me pones a mí también?

—Claro.

Le pongo poquito brillo y le hago dos colitas, tiene el cabello muy largo y aunque batallo, el resultado le encanta, estamos por salir de la habitación cuando entra Cameron.

—Mira nada más. ¿Quiénes son estas señoritas tan guapas?

Zoe sonríe.

—Papi, Loren me peino, ¿verdad que me veo muy bonita?

Cameron la levanta en los brazos.

—Te ves preciosa mi niña.

Le da un beso y la baja, ella de inmediato sale corriendo a la cocina.

—Y usted, Caperucita roja o blanca o mejor negra, ya no sé cuál escoger, me tienes confundido, todos los colores te quedan perfectos; aunque lo que mejor hace contraste con tu cuerpo, es mi piel, unida a la tuya.

De pronto empiezo a sentir mucho calor y él sonríe.

—Bueno y ¿a dónde se supone que vas tan guapa?

—A cenar, porque me muero de hambre.

—Lo siento, tenía trabajo pendiente, pero te prometo que no tardaré.

Se mete corriendo al baño y yo bajo al comedor.

—Nina, ¿necesita ayuda con algo?

—No, Loren, muchas gracias, en cuanto baje Cameron, les sirvo la cena.

—Voy preparando la mesa.

—Ay Loren, me da pena contigo.

—No, ¿cómo cree?, yo no estoy acostumbrada a estar sin hacer nada.

Preparo la mesa y cuando Cameron llega, nos sentamos a disfrutar de una deliciosa cena. Paso un fin de semana maravilloso con Zoe y Cameron, siento que los días pasan en un abrir y cerrar de ojos, estamos subiendo todo a la camioneta para irnos y yo entro con Zoe a recoger unas muñecas que olvidó.

Cuando vamos bajando empezamos a escuchar muchos gritos, ya que nos acercamos más escucho a una mujer gritándole a Cameron.

—¡No puedo creer que me metieras en tus problemas de faldas Cameron, mi despacho es muy reconocido y no puedo permitir que por tu culpa andemos en boca de todos!

Detengo a Zoe para que no salga mientras sigo escuchando.

—Cálmate por favor Cassi, ese despacho es tan tuyo como mío, además no son mis problemas de faldas, tú abogado estrella, Barnett Hank golpeó a su esposa y no quería darle el divorcio después de engañarla en su apartamento.

—Eso no puede ser, él me dijo que ella andaba coqueteando contigo el día de la fiesta y que por eso le pidió el divorcio.

—Cassi, yo mismo la vi golpeada, además que fui testigo de la manera tan humillante que la trata.

—No te creo, estás entusiasmado con ella por eso me dices todo esto.

Salgo con Zoe tomada de la mano y la subo a la camioneta, volteo a ver a la tal Cassi, que es la jefa de Barnett. Se queda viéndome sorprendida.

—Todo lo que te dijo Cameron, es cierto, el día que lo encontré en mi apartamento con otra mujer me golpeó cuando lo enfrenté.

Agarro mi celular y le muestro las fotos que tengo de esa noche.

—Como puedes ver, ahí está la fecha y si te fijas bien, fue en los días que solicité el divorcio y sí, yo ya conocía a Cameron por mi trabajo, es mentira que lo engañé, si lo acompañé a esa fiesta es porque me dijo que si iba me firmaría el divorcio, no tendría porqué darte explicaciones de mi vida privada, pero es cierto que me estoy dando una oportunidad con Cameron, porque soy una mujer libre, tengo derecho a vivir mi vida y buscar mi felicidad.

Cassi luce un poco avergonzada.

—Yo lo siento, Barnett se porta tan diferente que jamás me hubiera imaginado algo así.

—Lo sé, por desgracia lo conozco perfectamente.

Volteo para ver a Cameron un poco molesta.

—Tendrías que haberme dicho que eras socio del bufete donde trabaja Barnett, te agradezco tu ayuda para que me firmara el divorcio, pero creo que hubiera preferido que me hablaras con la verdad.

Me subo a la camioneta y cierro la puerta para no seguir escuchándolos, no sé porqué, pero me siento un poco decepcionada de Cameron, sé que lo hizo por ayudarme, pero aun así me siento mal.

Todo el vuelo voy en silencio, solo le contesto a Zoe lo que me pregunta, Cameron se ve un poco avergonzado y aunque trata de hablarme, yo lo ignoro, definitivamente necesito unos días para pensar.

Aterrizamos y ya nos espera un coche con chofer, Cameron le da instrucciones para dejarme en el apartamento, antes de bajarme le doy un beso a Zoe.

—Te voy a extrañar mucho, Loren.

—Yo también pequeña, pero ya tienes mi número de teléfono, no dudes en llamarme cuando tú quieras.

—Sí, gracias.

Cameron se baja para ayudarme con la maleta y yo se la quito.

—No es necesario que me ayudes, yo la puedo llevar.

Empiezo a caminar y me detiene.

—Necesito que me dejes explicarte todo, por favor.

—Cameron, dame unos días. No soy buena cuando me presionan.

—Está bien, pero no olvides que te amo.

Asiento; subo a mi apartamento, dejo mi maleta y me voy a comprar todo para la cena, regreso, preparo una deliciosa lasaña porque a mis enanos les encanta y una ensalada de verduras, cuando ya tengo todo listo me voy a dar una ducha y me arreglo un poco.

Estoy lista cuando suena el timbre.

—¡Madrina! —gritan mis ahijados y me abrazan.

—Enanos, pero ¡qué grandes están!, ¿qué les da de comer su mamá?

Ellos entran emocionados y Gina ni siquiera me saluda, se va directamente a revisar todo el apartamento. Julián sonríe y me abraza.

—Hola, Loren, qué gusto verte. Tu apartamento está precioso, con razón Barnett lo quería.

Gina regresa emocionada y me abraza.

—Vaya, al fin me saludas —digo tratando de parecer indignada.

—Amiga, estoy impresionada, este apartamento me encanta, es enorme y precioso, tienes que dejarme usar tu tina de hidromasaje algún día, por favor.

—Lo voy a pensar.

Julián y Gina sonríen.

—Bueno, vamos a cenar.

—¿Cómo te fue en Aspen? —pregunta Gina curiosa.

—Pues todo iba muy bien, pero no van a creer lo que pasó justo antes de regresar.

—¿Madrina podemos ver la televisión que está en la habitación que parece de una niña?, es enorme.

—Claro enanos, vayan.

—Bueno, cuéntanos qué sucedió.

—Estábamos por volver cuando llegó la hermana de Cameron, Cassandra Parker.

Los dos abren los ojos muy grandes y me ven con sorpresa.

—Pero ella es la dueña del bufete donde trabaja Barnett.

—Exacto, empezó a reclamarle a Cameron, que ella no podía interferir en la vida de sus abogados, que Barnett le dijo que yo lo engañé con Cameron y que por eso lo dejé.

Julián se levanta muy molesto.

—No puedo creerlo, ¿cómo se atrevió?

—Pues no lo sé, pero yo le mostré las fotos íntimas de Barnett y le expliqué todo, ella quedó muy avergonzada y creo que Cameron es su socio, así que lo más probable es que lo corran.

—Se lo tiene merecido el muy desgraciado —grita Gina enojada.

Julián se pasa las manos por el cabello.

—Si lo corren su carrera estará arruinada.

—Lo siento Julián, pero te juro que yo no provoqué todo esto.

—Lo sé Loren, sé perfectamente que él solo se lo busco.

Terminamos de cenar y nos despedimos. Estoy por quedarme dormida, cuando suena mi teléfono.

—Hola hija, ¿cómo estás?

—Bien mamá ¿y ustedes?

—Bien hija, pero tengo muchas ganas de verte así que Héctor y yo pensábamos invitarte a desayunar mañana, si quieres puedes invitar a Cameron, ¿qué te parece?

—¿Y qué les parece si vienen a desayunar aquí?

—Claro hija, pero nosotros llevaremos el desayuno.

—Está bien.

—Te quiero hija, nos vemos mañana.

—Yo también te quiero mamá, hasta mañana.

Me acomodo en la cama y aunque no quiera reconocerlo extraño mucho a mi piloto, creo que estar enojada con él me afecta más a mí.

Por la mañana me levanto más animada, creo que llamaré a Cameron, lo extraño mucho y quiero que hablemos de todo lo que me está ocultando. Siento un gran alivio de saber que es socio del bufete de abogados, eso quiere decir que no es un narcotraficante, al menos eso quiero pensar.

Estoy terminando de alistarme cuando suena el timbre, voy a abrir esperando que sean Héctor y mi madre, pero no, es Barnett, entra antes de que pueda impedírselo.

—Mira nada más. Y decías que no te gustaban los lujos, este apartamento es espectacular.

Se sienta en el sillón y cruza la pierna.

—Vivir aquí sería un sueño hecho realidad.

—¿Qué quieres Barnett?

—Mi jefa habló conmigo y aunque no me corrió me dijo que me va a tener a prueba.

Se levanta y se acerca a mí.

—¿Por qué le mostraste las fotos? Ella me había creído antes de eso.

De pronto se abre la puerta, entran mi mamá y Héctor, al ver a Barnett tan cerca de mí, Héctor se acerca de inmediato, mi mamá deja unas cosas en la mesa y se mete a la habitación.

—Barnett, es mejor que te vayas —dice Héctor molesto.

Barnett lo ve y se ríe.

—Usted ¿quién se cree que es para darme ordenes?, maldito viejo.

Está a punto de empujarlo cuando sale mi mamá con un rifle en la mano y le apunta a la cabeza a Barnett.

—Es mi marido, así que, vale más que le hagas caso y te largues, porque no dudaré en dispararte.

Barnett se aleja y empieza a caminar hacia la puerta, cuando abre, está Cameron que apenas iba a tocar, ve a mi mamá con el arma y saca a Barnett por el cuello.

—No vuelvas a acercarte a Loren, ella es mi mujer y no te quiero ver cerca de ella.

—Ya te acordarás de mí cuando la dejes porque no puede darte hijos, es una mujer frígida.

Cameron le da un golpe que lo tira al suelo.

—Si no quieres que hunda tú carrera de abogado, no te quiero ver cerca de Loren nunca más, ¿me entendiste?, hazme el favor de no pronunciar su nombre siquiera.

Barnett se va y mi mamá sigue apuntando a la puerta por lo que Cameron levanta las manos.

—Nora, ¿por qué no baja esa arma?

Mi mamá reacciona y la baja mientras Cameron cierra la puerta.

—Mamá ¿de dónde sacaste ese rifle?

—Es el que te regaló tu padre cuando cumpliste quince años.

—Pero ni siquiera está cargado.

—¿Y eso qué?, si asustó al idiota de Bobonett.

Todos soltamos una enorme carcajada.

—Por lo que veo tengo que andarme cortito con usted, suegra.

Mi mamá lo ve sorprendida.

—¿Suegra?

—Sí, bueno eso si su hija aún quiere seguir conmigo.

Me acerco y le doy un beso.

—Sí, aún quiero, pero tenemos que hablar.

Él me abraza emocionado.

—Bueno, ya dejen los arrumacos que tenemos hambre y es de comida.

Cameron sonríe.

—Me da gusto que se estén dando una oportunidad, mi hija tiene derecho a ser feliz y desde que te conocí me di cuenta de que lo que sientes por ella es sincero, así que si no te hubiera hecho caso me tendría muy decepcionada.

—Me cae muy bien tú mamá —dice Cameron muy emocionado.

Mi mamá y Héctor no pueden aguantar la risa y se ponen a preparar la mesa para ponernos a desayunar. Terminamos de desayunar entre risas y Héctor recoge los platos.

—Hija, yo traje una película para que la viéramos, pero no queremos interrumpir.

—Mamá, no interrumpen nada, claro que vamos a ver la película.

—¿Estás segura?

—Sí ¿por qué?

—Cameron te ve como si en cualquier momento te fuera a saltar a la yugular, como todo un vampiro hambriento.

Cameron suelta una carcajada enorme.

—Sí, suegra, efectivamente eso tengo ganas de hacer, pero puedo esperar un poco mientras vemos la película.

Héctor y yo nos volteamos a ver y él dice muy risueño.

—Dios los cría y el diablo los junta.

Preparamos palomitas y unos refrescos, mientras Cameron pone la película, nos ponemos cómodos en los sillones y empezamos a verla, para mi mala suerte es de terror, Cameron no deja de reír, mientras yo pego cada grito que los asusto a todos.

Ya bastante tarde mi mamá y Héctor se van y Cameron sonríe.

—Me encanta tu mamá, y Héctor es tan calmado que hacen la pareja perfecta, así como nosotros, tú eres tremenda y yo soy el calmado.

—No me hagas reír, ¿calmado tú? ¿dónde?

Se acerca a mí y empieza a hacer una voz tenebrosa, yo corro a mi habitación y él me sigue riéndose.

—Nunca me imaginé que fueras tan miedosa, si no me quedo contigo esta noche pueden aparecer fantasmas.

—Cállate, Cameron, no es gracioso.

Se acerca y me abraza.

—Caperucita, tenemos que hablar, no quiero que haya más secretos entre nosotros.

Me siento en la cama y me separo de él.

—Está bien, te escucho.

—Bueno, primero que nada, es cierto que yo presioné a Cassi para que aceptara que Barnett te firmara el divorcio, pero lo hice pensando en ti, no se me hacía justa la manera en que te estaba chantajeando.

—Sí, eso puedo entenderlo ¿pero por qué no me dijiste que eras socio?

—Hace años nuestros padres murieron en un viaje a África, se enfermaron de gravedad y no se pudo hacer nada, siempre fueron unos aventureros, se la pasaban viajando, por lo que Cassi y yo, todo el tiempo estábamos con nanas.

Tomo su mano y la presiono.

—Mi padre era abogado y siempre tuvo mucha fama, mi madre venía de una familia adinerada que se dedicaba a la compra y venta de acciones, así que cuando ellos fallecieron nos dejaron mucho dinero. Cassi se hizo cargo del bufete mientras yo me dedicaba a andar de fiesta; cuando nació Zoe me di cuenta del error que estaba cometiendo y terminé mi carrera de piloto. Empecé a hacer algunas inversiones y realmente me sorprendí por lo bien que me iba, dupliqué en muy poco tiempo, la fortuna que mi padre me había dejado y aunque volaba mi propio Jet nunca trabajé en eso; Cassi no supo administrar su fortuna y se iba a declarar en bancarrota, fue cuando yo le ofrecí capital para su bufete con la condición de que se controlara con sus gastos y lo hizo, hasta ahorita va bastante bien pero no dejo de ser socio para estar al pendiente de sus estados financieros.

Así que soy socio mayoritario del bufete y también hace unos meses compre una aerolínea.

Yo no disimulo mi sorpresa y él sonríe.

—Exactamente es lo que estás pensando, Aero-International es mía.

—¿Y qué haces trabajando ahí?

—Bueno, al principio entré porque quería familiarizarme con los empleados, ver qué tipo de beneficios tenían, horarios y todo. El primer día conocí a una mujer, que, aunque al comienzo me hizo muy mala cara y llegué a pensar que lo mejor era despedirla, después me impresionó cuando llegó convertida en un zombi con unas sandalias gigantes.

Sonrío.

—En ese momento me robo el corazón y seguí trabajando sólo para estar a su lado, además que hice algunos pequeños cambios como los viajes tan largos y algunas cosas más que, al parecer a mis empleados, les han gustado mucho.

—Como cambiar a Cris de equipo.

—Bueno, también eso, pero no me puedes negar que se lo tenía bien merecido.

Me acomodo en la cama y se acuesta a mi lado.

—Sé que es mucho que asimilar, pero te pido que lo pienses un poco, en ningún momento quise engañarte, te lo juro.

Lo abrazo y pongo mi cabeza en su pecho.

—No te voy a negar que al principio me caíste mal, pensé que eras un presumido y que llevabas tú traje de piloto muy pegadito para mostrar tus encantos.

Él suelta una carcajada.

—No está pegadito.

—Oh, claro que sí, no dejas nada a la imaginación, distraes a todas las azafatas cuando pasas.

Él sigue riéndose.

—Cuando empecé a conocerte mejor me di cuenta de que eras todo lo contrario, aunque seguías siendo muy vanidoso. Desde la noche que estuvimos a punto de hacer el amor en esta misma cama, no podía sacarte de mi mente y aunque me hacía la fuerte para no pensar en ti, era imposible.

—Loren ya hace algunos meses de tú divorcio y aunque yo te prometí que no te iba a presionar, te pido que lo pienses un poco, no quiero estar separado de ti en ningún momento, no te propongo matrimonio porque sé que saldrías huyendo, pero ¿qué te parece vivir juntos?

—Te prometo que lo voy a pensar, han sido demasiadas cosas en muy poco tiempo y no quiero apresurarme.

—Puedo esperar, aquí seguiré mientras tanto.

Sonrío.

—Bueno, ahora vamos a dormir que estoy cansada.

Nos ponemos la pijama y nos acurrucamos, no tardamos mucho en quedarnos dormidos.

Capítulo 6

Cameron me despierta llenándome de besos, al abrir los ojos me sorprendo porque está recién bañado, con uno de sus trajes, se ve tan guapo, además está mostrándome su bella dentadura con su enorme sonrisa, trae una bandeja con un desayuno que se ve delicioso y una rosa roja.

—Buenos días, Caperucita.

—Vaya, estás haciendo méritos para convencerme de que vivamos juntos.

—No, yo prefiero otro tipo de métodos, por cierto, te dejé un regalito en una caja en el baño, es para esta noche, cuando regrese quiero que lo traigas puesto.

—¿No te quedas a desayunar conmigo?

—No puedo, Caperucita, tengo una reunión en el bufete con mi hermana.

—Seguramente te vas a encontrar con Barnett.

—Me gusta más como lo llama tú madre, Bobonett.

Sonrío.

—Cameron, siento mucho que tengas problemas con tu hermana por mi culpa.

—No es tu culpa, desde que murieron mis padres ella y yo, no tenemos buena relación.

Se acerca y toma mi mano.

—Loren por favor no dejes de pensar en mi propuesta, quiero que nos conozcamos mejor.

—Sí, lo haré. Oye, por cierto, ¿cuántos años tienes?

Él sonríe.

—Bueno, señorita Loren, déjeme decirle que tengo 34 años, tengo una preciosa hija llamada Zoe de 4 años, que adoro con todo mi corazón, por último, soy piloto y tengo varias inversiones entre ellas una aerolínea comercial muy conocida.

Sonrió al recordar que en algún momento pensé que podía ser un narcotraficante.

—Tengo que confesarte que en algún momento pensé que te dedicabas a negocios turbios.

Suelta una carcajada.

—Con que no me creyeras un asesino a sueldo.

Me pongo roja y me tapo la cara.

—Loren, no me digas que lo llegaste a pensar.

—Bueno, solo una vez, pero tú tienes la culpa por no decirme a qué te dedicabas.

Él no puede dejar de reír.

—Ay, Caperucita, no dejas de sorprenderme, bueno, tengo que irme, nos vemos por la tarde y no olvides esperarme con mi regalo puesto.

Me da un beso y se va. Yo me quedo disfrutando de mi desayuno, al terminar entro al baño para arreglarme un poco y lavarme los dientes, en eso veo la caja que me dejo Cameron, es una caja muy elegante, al abrirla me quedo con la boca abierta, hay un precioso body rojo de encaje con pequeños adornos negros y trae un liguero con medias negras.

Al tocarlo no puedo creer la suavidad del material, es precioso, pero no me siento segura para usar algo así, espero que Cameron no se moleste porque no me lo voy a poner. Termino de alistarme cuando tocan el timbre, voy a abrir y me encuentro con una muy risueña Gina.

—Hola amiga, vengo a darme un baño en tu tina.

—¿En serio?

—No, tonta, vengo a saludarte, tuve una junta en la guardería de mis pequeños y quise pasar a que me invites un café.

Le doy un abrazo.

—Claro, amiga. Ven, vamos a la cocina.

Mientras estoy preparando los cafés, Gina entra al baño.

—Loren, pero ¿qué preciosura es esta?

Trae en las manos el body que me regaló Cameron.

—Un regalo que me dejó Cameron hoy y quiere que lo estrene esta noche.

—Por Dios, está precioso, ¿ya viste la suavidad de la tela?

—Gina, no me lo voy a poner.

—Pero ¿por qué?

—No quiero hacer el ridículo.

—Loren Butler, hazme el favor de no decir estupideces.

—Gina…

—Oh no, es mejor que no me digas una palabra más, eres una mujer preciosa por dentro y por fuera, ya quisiera yo tener las curvas que tú tienes, ¿acaso no ves la manera en que Cameron te devora con la mirada cada vez que te ve?, deja de pensar en los insultos que te hacía Barnett, siempre ha sido un imbécil.

Aunque no quiero, mis ojos se llenan de lágrimas y ella me da un abrazo.

—Loren, disfruta de la vida, luce tu hermoso cuerpo. Tuviste la suerte de encontrarte con un hombre maravilloso, además de guapo y bien dotado.

Suelto una carcajada.

—Pero ya hablando en serio, Dios te está premiando por el sufrimiento que pasaste al lado de Barnett, no pierdas la oportunidad de ser feliz.

—Gina, ¿sabes cuánto te quiero?

Se acerca y me da un abrazo.

—Espero que mucho como para dejarme las llaves de tu apartamento en tú próximo viaje para venir a relajarme con Julián en la tina.

—No tanto.

Las dos sonreímos y terminamos de tomarnos nuestro café, cuando nos despedimos me doy cuenta de la hora que es y corro a mi habitación para darme un baño, gracias a Gina me siento más animada, me pongo una crema exfoliante antes de darme una ducha y me sorprendo con el resultado, mi piel queda perfecta, humecto mi cabello, me pongo un poco de maquillaje y por último la prueba final, me pongo el body con el liguero, unos tacones que le combinan perfecto, volteo a verme al espejo y sonrío, mi piel resalta mucho con el color del body, mis ojos brillan con una felicidad que no puedo explicar, por primera vez en mucho tiempo me siento hermosa y sexy.

Estoy muy concentrada viéndome en el espejo cuando siento una mirada muy fuerte, sé qué es Cameron, cuando él está cerca es como si mi cuerpo pudiera reconocerlo, me recorre un cosquilleo por cada parte de mi cuerpo, hago una respiración profunda y me doy la vuelta para verlo.

Trae un enorme ramo de rosas en las manos y lo deja caer, me hace un poco de gracia ver su cara porque fue la misma que yo puse cuando lo vi desnudo, como no me dice nada yo empiezo a ponerme nerviosa y me acerco a él.

—No sé cómo descifrar tu cara.

—Loren, perdóname, me quede sin palabras, dime que no estoy soñando.

—Bueno pues creo que no, porque tus manos tienen vida propia y están muy despiertas.

—No puedes hacerte una idea de cómo te ves, superas mis fantasías al máximo.

Me toma de la mano y me da una vuelta, cuando lo veo de nuevo sus ojos brillan con deseo, me da un beso y rápidamente me acomoda en la cama, se pone de pie y comienza a quitarse la ropa.

—Loren, ¿confías en mí?

—Sí, ¿por qué me lo preguntas?

—¿Me dejarías atarte a la cama?

Su petición me toma por sorpresa y aunque me da un poco de miedo, me vienen a la mente las palabras de Barnett diciéndome que soy una anticuada en el sexo, suspiro antes de contestarle.

—Sí.

Rápidamente prepara unos pañuelos de seda, empieza a atarme de pies y manos a la cama, estoy tan nerviosa que siento que mi corazón se me va a salir del pecho en cualquier momento; cuando por fin me tiene como él quiere, termina de quitarse la ropa y se muerde el labio inferior.

—No puedo creer la suerte que tuve al encontrarte.

Tomo varias respiraciones para tratar de calmarme, pero es imposible, me quita los tacones, comienza acariciando mis piernas por encima de las medias, empieza a darme besos en el vientre, poco a poco va bajando, cuando pasa su lengua por mi ombligo siento que me derrito completamente y me muero por tocarlo.

—Cameron…

—¿Qué pasa, Caperucita? dime ¿qué es lo que quieres que haga?

Me muevo ansiosa y él sonríe, sigue besando cada parte de mi cuerpo con una paciencia que me desespera, tanto que estoy a punto de romper los pañuelos y tomar lo que tanto necesito.

—¿Qué pasa, Loren?

No deja de provocarme mientras sigue besándome y tocándome por todas partes, mi cuerpo tiembla por el deseo que siento, pasa su lengua por mi centro de placer y cuando estoy a punto de obtener lo que tanto deseo se detiene y me sonríe, sigue torturándome y cuando sabe que estoy cerca de alcanzar mi orgasmo se detiene.

—Desátame y te diré exactamente qué es lo que quiero.

Él sonríe y después de provocarme un poco más, por fin me desata, primero las manos y después los pies, lo empujo contra la cama y gateo hasta quedar sobre de él, de inmediato me acomodo deslizándome sobre su miembro y obtengo lo que tanto necesitaba, suspiro de placer y empiezo a moverme mientras él no deja de acariciarme.

—Loren, no tienes idea de lo sexy que te ves en esa posición.

No puedo explicar lo que siento, pero cuando llegamos juntos a un clímax maravilloso, me quedo completamente sin fuerzas, me acomodo en su pecho y él también está tratando de recuperarse.

—Pellízcame para saber que no estoy soñando.

Le doy un beso y le muerdo el labio.

—Auch.

—No estás soñando.

Sonríe y se acomoda frente a mí.

—Por favor, dime que al menos me dejarás vivir contigo, no puedes negarme volver a disfrutarte de esta manera.

—Nunca me imaginé que podría llegar a ser tan intenso, creo que mis piernas aún siguen temblando.

—Ni lo digas, yo creo que tendríamos que pedir comida a la habitación porque me dejaste sin fuerzas para levantarme.

Los dos sonreímos mientras él empieza a acariciar mi rostro.

—Gracias por llegar a mi vida, nunca pensé que el amor se podría sentir tan intensamente.

—La verdad, yo tampoco —tomo su cara entre mis manos y lo beso. —Cameron, lo que tú me has hecho sentir desde el día que te conocí, ha sido lo mejor que me ha pasado en la vida y tengo algo que decirte.

—¿Qué es?

—Acepto tu propuesta de vivir juntos, quiero que nos demos la oportunidad de disfrutar esta maravillosa oportunidad.

—¿De verdad?

—Sí.

—No tienes idea de lo feliz que me haces.

—Bueno, espero que me aguantes los días que me levante como zombi.

—Oh, no te preocupes, que yo de zombi o con sandalias enormes igual te amo.

Comenzamos a besarnos y él me detiene.

—¿Caperucita, quieres cenar?

Como ya recuperé mis fuerzas le sonrío.

—Prefiero saltarme al postre.

Me acomodo de nuevo en sus brazos y seguimos disfrutando de la noche, no recuerdo la hora que nos quedamos dormidos, pero estábamos bastante agotados, aunque teníamos una sonrisa que nada ni nadie podría borrar.

Nos levantamos muy tarde y nos damos una ducha juntos, creo que no puedo quitarle las manos de encima a Cameron, es como si nunca llenara la necesidad que tengo de él.

Salgo primero para cambiarme y preparar algo de desayunar, me pongo ropa cómoda porque hoy no saldremos de casa, mañana tenemos viaje y preferimos descansar este día; estoy muy entretenida cocinando cuando suena el timbre, al abrir me quedo sorprendida con una mujer muy guapa, delgada, cabello castaño y trae una ropa que se ve carísima.

Al verme me revisa de pies a cabeza y sonríe burlona, quiere entrar, pero yo me quedo en la puerta de manera que no se lo permito.

—¿Qué se le ofrece?

—Estoy buscando al padre de mi hija.

—¿A quién?

—A Cameron Parker.

Cameron viene saliendo de la habitación, trae ropa deportiva, se sorprende cuando ve a la mujer en la puerta y de inmediato se acerca.

—Greta, ¿qué haces aquí?

—Me dijiste que este ya no era tu apartamento y quería venir a asegurarme, pero el portero me dijo que aquí estabas.

—Este no es mi apartamento, es de Loren, además no tengo que darte explicaciones de lo que hago aquí.

—Así que ella es Loren, la mujer que tanto menciona Zoe.

—Sigo sin comprender ¿qué es lo que quieres?

Se acerca a él y trata de pasarle las manos por el cuello, pero la detiene de inmediato, yo me voy a la cocina y los dejo hablando a solas, mientras escucho que están discutiendo suena mi teléfono, es Gina.

—Loren Butler, dime por favor que tuviste una noche maravillosa de sexo intenso con una enorme felicidad.

Suelto una carcajada.

—Lo único que voy a contarte es que aún me siguen temblando las piernas cuando camino.

Ella suelta una enorme carcajada.

—Ay amiga, me siento tan feliz por ti y envidio un poco esa sensación de las piernas temblando.

—¿Y luego qué esperas para disfrutar las enormes cosas que tiene la vida?

—Julián ha tenido mucho trabajo, pero bueno ya tendremos tiempo para recordar viejos tiempos. Por cierto, ¿vas a estar aquí en quince días?

—Sí, mañana salimos de viaje y yo creo que sí estaremos de regreso ¿por qué?

—Le haremos una pequeña fiesta a los niños y es muy importante que su madrina venga.

—Claro que sí, ahí estaré.

—Loren, siento mucho decirte esto, pero Barnett también vendrá.

—No te preocupes Gina, es el hermano de Julián y es lógico que vaya, además es el padrino de mis enanos.

—Lo sé y lo siento de verdad.

En eso Cameron viene entrando a la cocina.

—Bueno Gina, nos hablamos después.

Cuelgo y Cameron se acerca para darme un beso.

—Loren, siento mucho que presenciaras esta situación tan incómoda.

—No te preocupes, pero ¿qué era lo que quería?

—Está furiosa porque Zoe le dijo que tengo novia, dice que no me va a dejar ver a Zoe, para eso fui ayer con mi hermana, estamos tratando de quitarle la custodia completa, pero no podemos.

—Lo siento, Cameron.

Me abraza, me da un beso, comenzamos a desayunar y cada uno está en sus pensamientos cuando de pronto me pregunta.

—Loren ¿a ti te gustaría tener hijos?

—Bueno la verdad sí, pero como te dije antes, Barnett y yo lo intentamos y no funcionó, la verdad no sé si algún día pueda llegar a tenerlos.

—Me gustaría mucho que tuviéramos un hijo.

Sonrío con un poco de tristeza.

—¿Y si no puedo?

—Tampoco me importaría, pero no me gusta que estés tomando pastillas, yo prefiero que dejes de tomarlas y ya veremos si funciona.

—¿No crees que es muy pronto?

—No, yo estoy seguro de querer pasar el resto de mi vida a tu lado.

—Lo voy a pensar, tal vez tengas razón, ya estoy en edad de darme cuenta si de verdad podré tener hijos o no. Por cierto ¿vas a seguir trabajando?

—Por supuesto, ahora más que nunca no puedo estar sin ti.

—Eso me suena a celos.

—Oh no, de ninguna manera, más bien es una adicción que tengo a estar cerca de ti.

Recogemos la cocina y nos ponemos a ver películas.

—¿Pongo una de terror?

—Muy gracioso.

—Anda di que sí, la última vez que vimos una dormiste pegada a mi como una lapa, me gustaría repetirlo.

—No necesitas una película de terror, de igual manera así me gusta dormir contigo.

—Loren y si invitamos a mi suegra y a Héctor a cenar.

—¿Y eso?

—Me gustaría decirle a tu mamá que vamos a comenzar una relación más formal.

—Me parece una buena idea, déjame llamarla.

Se levanta de prisa y corre a la habitación.

—¿A dónde vas?

—A esconder el rifle, porque podrá no estar cargado, pero ha de pegar fuerte.

Suelto una carcajada enorme.

—Cameron, pero mi mamá te adora.

—Sí, pero quién sabe si le guste la idea de que vivamos juntos sin casarnos, aunque eso sería culpa tuya.

—No te preocupes, mi mamá es bastante moderna, a veces me sorprende porque puede llegar a ser más de lo que soy yo.

Llamo a mi madre, está encantada de venir a cenar. Terminamos la película y Cameron se pone a cocinar.

—¿Quieres que te ayude con algo?

—No, Caperucita, quiero sorprenderlos.

—Bueno, entonces voy a relajarme un rato en la tina en lo que llegan.

Él se queda viéndome por un momento muy serio.

—¿Qué pasa, por qué me ves así?

—¿Tú crees que podré concentrarme cocinando mientras mi hermosa mujer está disfrutando de un tentador baño en la tina?

—Bueno, pues tendrás que hacerlo, en eso mi madre es un poco especial, le gusta la buena comida.

Pone cara de preocupación y yo me voy riendo a tomar mi baño, no puedo estar más relajada, adoro está tina y no es por nada, pero me llega un aroma delicioso de salmón; veo el reloj y todavía falta más de una hora para que llegue la visita, así que cierro los ojos y sigo relajándome.

—La espuma me hace pensar en un hermoso ángel entre las nubes.

Me sorprendo cuando escucho a Cameron, abro los ojos y se está desnudando.

—¿Apoco de verdad pensaste que no te iba a alcanzar? Nunca me perdería esta visión tuya entre las nubes.

En cuanto se acomoda en la tina me acerco y comienzo a besarlo.

—Parece que me extrañabas.

Me toma de la cintura y me acomoda sobre él, pasa su lengua por mis pechos y yo me muevo ansiosa, pone sus manos en mis glúteos para ayudarme con los movimientos y en ese momento siento como mi cuerpo vibra de placer, él hace un ruido con su garganta y nos quedamos abrazados por unos minutos.

—Te amo, Loren.

—Yo también te amo, Cameron.

Después de un rato salimos más que relajados y felices de la tina para estar listos cuando llegue mi madre.

Cameron termina de cambiarse y se va a la cocina para terminar con todo, yo abro el cajón de mi cómoda y veo mis pastillas anticonceptivas, creo que Cameron tiene razón, ya es tiempo de saber si puedo o no tener hijos, además jamás me arrepentiría de tenerlo con Cameron, es un excelente padre… las pongo en la basura y que sea lo que Dios quiera.

Salgo de mi habitación, mi madre y Héctor están muy contentos en la cocina platicando con Cameron.

—Hija, te ves preciosa.

—Gracias mamá, pero tú me ves con amor.

Héctor se acerca para darme un beso.

—Oh, no, yo estoy de acuerdo con tú mamá, estás preciosa, no sabría explicarlo, pero tus ojos tienen un brillo especial.

Mi mamá sonríe.

—Claro cariño tiene ojos de felicidad, Cameron volvió a mi hija la vida.

Me acerco a Cameron que me observa con adoración.

—Cierto mamá, este hombre me volvió a la vida y, por cierto, tiene algo que decirte.

Cameron se pone pálido y se le borra la enorme sonrisa que tenía, mi mamá pregunta muy seria.

—¿Necesito traer el rifle?

—No, suegra, pero primero vamos a comer y ya después hablamos, no hay necesidad de empezar la noche con agresividad.

Sonreímos y comenzamos a cenar, no podemos quedar más sorprendidos, el salmón está delicioso y la ensalada también.

—Cameron, creo que si me cocinas así todos los días, no dudaría en casarme contigo, todo está delicioso —. Lo digo tan distraída que Cameron se atraganta y mi madre se queda sorprendida viéndome.

—¿De verdad, Loren, aceptarías casarte conmigo?

Reacciono a lo que acabo de decir y sonrío.

—¿Y por qué no? La vida nos pone muy pocas oportunidades para ser felices.

Cameron se pone de pie y corre a la habitación, Héctor y mi madre se voltean a ver confundidos.

—Qué manera tan extraña de festejar tiene este muchacho —dice Héctor, mientras sonríe. Cuando Cameron regresa, se pone de rodillas a mi lado y abre una pequeña caja, es un precioso anillo de compromiso, con una piedra enorme, de color rojo.

—Caperucita, yo pensé que nunca me ibas a dar el sí; hace unas semanas compré este anillo pensando que algún día me aceptarías.

Mis ojos se llenan de lágrimas.

—¿Loren Butler, aceptarías casarte conmigo y pasar el resto de nuestras vidas juntos?

Lo abrazo con tanta fuerza que los dos rodamos por el suelo felices mientras mi madre y Héctor aplauden emocionados, me pone el anillo y nos ponemos de pie para recibir las felicitaciones de mi madre y de Héctor.

—Hija, estoy tan feliz ¿y qué era lo que tenían que hablar conmigo?

Cameron la abraza muy contento.

—Bueno suegra, la verdad yo quería decirle que íbamos a vivir juntos, pero los planes cambiaron así que ahora quiero pedirle la mano de Loren.

Mi mamá se limpia las lágrimas emocionada.

—Hay hijo, por la cara de felicidad que tiene mi hija, puedo darme cuenta de que tú tomaste más que su mano desde hace tiempo.

Cameron suelta una carcajada y la abraza.

—Bueno, de todos modos, gracias por apoyarnos.

—Eso sí, no olvides que manejo muy bien los rifles.

Cameron pone las manos arriba como rindiéndose.

—Jamás lo olvidaría.

Terminamos de cenar y nos quedamos platicando por un buen rato disfrutando de una botella de vino deliciosa que nos trajo Héctor, ya muy tarde mi madre y él, se despiden.

Cameron y yo nos ponemos a preparar nuestras maletas para el viaje de mañana.

—¿Cuándo te gustaría que nos casemos?

—No lo sé, me gustaría que pasaran unos meses más, si no te importa.

—Sí, cuando tú decidas está bien para mí, además ya tienes el sello de que me perteneces —sonríe y señala mi precioso anillo. —Hay otra cosa que quiero preguntarte ¿quieres vivir aquí en la ciudad o en la casa de Aspen?

—Me gusta mucho la casa de Aspen, pero me gustaría que sigamos conservando este apartamento para quedarnos algunos días aquí, si te parece bien.

—Claro mi vida, yo estoy feliz de tenerte a mi lado así vivamos en el avión rodeados de las nubes.

Me acerco y lo beso, nos acostamos a dormir. La verdad es que han sido muchas emociones en tan poco tiempo, así que no tardamos en quedarnos dormidos.

Por la mañana estamos listos para irnos al aeropuerto y nos espera la camioneta de Cameron, se baja el hombre que había visto con él en el aeropuerto.

—Rick, ella es la señorita Loren, mi prometida, mi vida, él es mi chofer.

—Mucho gusto Rick.

Él me sonríe.

—Igualmente, señorita.

Nos subimos para ir al aeropuerto, llegamos a la sala de reuniones y todos empiezan a murmurar cuando nos ven entrar juntos, me siento un poco avergonzada pero ya no importa lo que piensen.

Cameron que me conoce muy bien y sabe que no me gusta ser el centro de atención, me sonríe comprensivo.

—Buenos días a todos, me gustaría explicarles algunas cosas antes de que salgamos, como se los dije anteriormente mi nombre es Cameron Parker, soy el dueño de esta aerolínea.

Se escuchan exclamaciones de asombro.

—Entré a trabajar aquí para ver de cerca el trato que le ofrecemos a nuestros empleados, como han visto he hecho varios cambios, siempre tratando de hacer más fácil su trabajo, no sé por cuánto tiempo siga teniendo viajes en su equipo, pero por ahora no hay ningún cambio, espero sigan contando conmigo para cualquier cosa que se les ofrezca y no me traten diferente por ser el jefe.

Ana se acerca a mí.

—Con razón rechazaste a Cris, tú volabas más alto.

Cameron escucha su comentario y se pone serio.

—Otra cosa, sé que les sorprende que su compañera Loren y yo llegáramos juntos, no tengo porque hablar de mi vida privada ni de la de ella tampoco, pero para saciar su curiosidad es mi prometida y quiero que como tal la respeten, si a alguien le incomoda nuestra relación puede decirlo ahora y se le dará su liquidación de inmediato, de otra manera sólo quiero respeto para nuestra vida privada. Dicho esto, podemos irnos a trabajar, buen viaje a todos.

Se acerca, me da un beso en los labios, me toma de la mano y nos vamos a nuestro primer viaje como novios comprometidos oficialmente. Estos días son algo agitados, algunos vuelos están cancelados y aunque nos posponen viajes hay otros seguidos, tenemos muy poco tiempo para descansar, estamos en la suite que vamos a pasar esta noche ya que mañana continuaremos con los viajes, acabamos de bañarnos y obviamente de hacer el amor, estamos muy relajados a punto de dormirnos.

—¿Crees que volvamos para la fiesta de mis ahijados?

—No lo sé, tal vez lleguemos ese día, Loren, ¿no te gustaría tomarte un descanso por un tiempo después de nuestra boda? Te prometo que cuando quieras regresar a trabajar tendrás tú lugar esperándote.

—¿Tú también vas a descansar?

—Claro, me gustaría que viajáramos por todo el mundo juntos y disfrutáramos de nuevas aventuras.

—¿Y Zoe?

—Puedo llegar a un acuerdo con Greta para que me deje llevarla con nosotros. Lo bueno de mi trabajo es que puedo atenderlo donde este, teniendo una computadora con internet.

—Me agrada la idea.

—Cuando te sientas preparada me dices y le ponemos fecha a la boda.

—Cameron, no quiero que me lo vayas a tomar a mal, pero no quiero una boda grande, yo preferiría algo muy sencillo con las personas más cercanas a nosotros.

—Caperucita, yo estaría encantado, no me gusta estar rodeado de personas que ni siquiera nos conocen, no te voy a negar que tengo mucho dinero, más del que puedas imaginarte, pero amo la vida sencilla, claro que me doy algunos gustos porque los merezco pero prefiero las cosas sencillas.

—Precisamente eso es lo que me gusta de ti, que puedes ir a comer una hamburguesa a un restaurante de comida rápida y disfrutarla como si fuera la más cara del mundo.

—A mí me gustan otras cosas más interesantes de ti.

—Ah, ¿sí? ¿Cómo cuáles?

Empieza a darme besos en el cuello.

—Como este precioso cuerpo que tienes y que me vuelve loco.

Y antes de dormirnos me muestra detalladamente lo que le gusta de mí.

Capítulo 7

Logramos aterrizar en Denver un día antes de la fiesta de mis ahijados, estoy muy feliz de poder acompañarlos en su fiesta.

Me encuentro esperando en la sala de reuniones a Cameron, cuando se acerca Ana.

—Loren, discúlpame por hacer ese comentario tan desagradable, todos sabemos cómo te trataba Barnett y es momento de que seas feliz.

Sus palabras me dan mucha alegría porque sé que está siendo sincera.

—Gracias, Ana, yo sé que muchos no lo verán con buenos ojos, pero la verdad no me importa.

—Pues haces bien, al fin a la gente nunca se le da gusto.

Me da un abrazo y se despide, a los pocos minutos llega Cameron hablando por teléfono y se ve muy preocupado.

Nos subimos a la camioneta mientras él sigue discutiendo con alguien, estamos por llegar al apartamento, cuando por fin cuelga.

—Loren, tengo que ir a Aspen, hay algo urgente que tengo que arreglar, no sé si pueda volver mañana, pero haré todo lo posible.

—Está bien, amor, no te preocupes.

Bajamos las maletas, me da un beso; se va con mucha prisa. No quise preguntarle de qué se trataba, pero se veía muy molesto y preocupado.

Acomodo nuestra ropa de las maletas, me pongo a cocinar algo ligero para cenar, me doy un baño en la tina y me voy a la cama, estoy tan agotada que seguramente me dormiré enseguida.

Apenas estoy quedándome dormida, cuando suena mi teléfono, contesto rápidamente pensando que puede ser Cameron.

—¿Loren?

Por un momento me quedo desconcertada escuchando la voz llorosa de una pequeña, hasta que reacciono.

—¿Zoe, eres tú?

—Sí, Loren, soy yo.

Me levanto de prisa nerviosa.

—¿Qué sucede princesa, por qué lloras?

—Mi mamá se fue a la casa de Aspen y no quiso llevarme, me dejó con una niñera.

Con razón Cameron estaba tan molesto, Greta descubrió su dirección.

—¿Y dónde está la niñera?

—No lo sé, me quedé dormida y cuando desperté ya no estaba, Loren, tengo mucho miedo.

—Escúchame bien Zoe, en unos minutos llegaré por ti, pero hasta entonces no vayas a abrir la puerta, ¿está bien?

—Sí, Loren, pero ven pronto.

—Voy a llamar a tu padre y en un momento vuelvo a llamarte.

Cuelgo y le marco de inmediato a Cameron, pero su teléfono no tiene señal, me cambio rápidamente y me voy a la casa de Zoe lo más rápido que puedo, cuando llego abre la puerta de inmediato y corre a abrazarme; tiene su carita roja y sus ojos hinchados de tanto llorar.

—Ya no llores princesa, ya estoy aquí.

Ella me abraza con fuerza y no me suelta, la levanto en brazos para entrar a la casa.

—Zoe, vamos a tu habitación para hacer una maleta.

—¿Me vas a llevar contigo?

—Claro, princesa.

Me indica el camino a su habitación y la dejo con cuidado en la cama mientras empiezo a preparar su maleta, cuando termino de empacar la vuelvo a tomar en brazos para subirla a mi coche.

—Loren ¿por qué mi mamá no quiso llevarme con ella a Aspen?

—Bueno, tal vez quería hablar a solas con tu papi.

—No me gusta cuando hablan, siempre se gritan mucho, además yo quiero ver a mi papi.

Me parte el corazón escucharla decir eso, no cabe duda de que los niños son los que más sufren en estos casos; aunque ya está más calmada y no llora, sigue muy triste, entonces le digo para animarla.

—Zoe, ¿qué te parece si mañana vamos a una fiesta?

Su carita se ilumina de inmediato.

—¿De verdad?

—Sí.

—¿Y de quién es la fiesta?

—De mis ahijados.

—¿Me puedo poner mi vestido rosa?

—Claro que sí.

Llegamos al apartamento y ella empieza a bostezar.

—¿Puedo dormir contigo?

—Claro, princesa.

Vamos a mi habitación y se detiene en la pequeña barra que tengo con algunas bebidas.

—Loren, ¿sabías que esta bebida es mala?

—No, no lo sabía, ¿por qué dices eso?

—Cuando mi mamá la toma me grita mucho y ha estado a punto de pegarme, pero yo siempre me encierro en mi habitación.

No puedo creer lo que estoy escuchando, esto tiene que saberlo Cameron cuanto antes, acomodo a Zoe en mi cama y se queda dormida de inmediato, estoy por acostarme cuando suena mi teléfono.

—Loren ¿pasó algo? Apenas llegué a Aspen, no me dejaban despegar porque había una alerta de tornado.

—Bueno, en realidad te llamé para avisarte que Zoe me llamó.

—¿Qué pasa, está bien mi niña?

—Sí, pero al parecer la niñera solo espero a que se durmiera y se fue, me habló muy asustada, estaba llorando y fui a recogerla, espero no ocasionarte más problemas.

—Pobre mi niña ¿te dijo que su madre está aquí?

—Sí.

—No sé cómo rayos consiguió mi dirección, está completamente borracha, creo que la llevaré a un hotel para que pase la noche.

—Lo siento, que mal escuchar eso.

—Sólo espero que pronto me den la custodia de Zoe.

—Sí, ojalá, por cierto, le dije que la llevaría a la fiesta de mis ahijados mañana, espero que no te moleste.

—No, Loren, ¿cómo crees?, al contrario, te agradezco mucho lo que hiciste por mi niña.

—Hay algo más que me gustaría que supieras.

—¿Qué?

—Zoe dijo que cuando su mamá tomaba alcohol la trataba muy mal.

Escucho a Cameron maldecir furioso.

—Voy a llamar a mi hermana para ver qué puedo hacer.

—Me parece bien, la verdad creo que Zoe está sufriendo mucho al lado de su madre.

—Sí, también lo creo, Loren, no creo que pueda regresar mañana ¿está bien si Zoe se queda contigo?

—Claro, no te preocupes.

—Gracias de nuevo por lo que hiciste esta noche, te amo tanto.

—No tienes nada que agradecerme y yo también te amo.

Colgamos, me acuesto al lado de Zoe y no tardo mucho en quedarme dormida.

Me despierto un poco desorientada y reviso el reloj, pasa del medio día, volteo a ver a Zoe y sigue dormida, me parte el corazón saber que está sufriendo, es una pequeña tan inteligente y hermosa que no merece pasar por tanto problema.

Preparo unos waffles y una malteada de vainilla para cada una, cuando tengo todo listo aparece en la cocina con su carita somnolienta.

—Hola, Loren.

—Hola, princesa. Te preparé algo delicioso para desayunar.

Ella se acerca y sonríe muy emocionada al ver la malteada, su sonrisa me recuerda a Cameron, se le hacen los pequeños hoyuelos en las mejillas igual que a él.

Terminamos de almorzar y ella corre a la que era su habitación, que por suerte aún no le hago ninguna remodelación, así que se siente muy cómoda ahí.

Después de un rato, le doy una ducha a Zoe, comienzo a prepararla, le hago dos colitas como a ella le gusta y se pone su vestido rosa.

Cuando queda lista me doy una ducha, comienzo a prepararme, salgo del baño y Zoe tiene un vestido mío en la mano.

—Loren, encontré este vestido en tu closet, es como el mío, ¿te lo puedes poner para estar vestidas iguales?

Sonrío con ternura, adoro a esta pequeña.

—Claro.

Mi vestido también es color rosa más clarito que el de ella, pero sin duda está encantada de que vayamos vestidas iguales, es un vestido corto, pegado en la parte de arriba y tiene un poco de vuelo, la verdad me gusta como se ve.

Cuando estamos listas recogemos los regalos y nos vamos en mi coche a casa de Gina.

Llegamos y mis pequeños enanos salen a abrazarme, se sorprenden al ver a Zoe, sobre todo Julián, que sus ojitos se iluminan; tomo a Zoe de la mano y la acerco a ellos para presentarla.

—Julián, Julio, ella es mi amiguita Zoe.

Ellos sonríen e inmediatamente la invitan a jugar al jardín.

Me acerco a saludar a Gina y a Julián.

—¿Y dónde está Cameron? Pensé que vendría contigo.

—Larga historia, Gina, ya después te la contaré.

—¿Zoe es la hija de Cameron?

—Sí, Gina, ¿verdad que es una muñequita?

—Sí, es preciosa, se parece a su padre.

Julián la ve con recelo.

—¿Estás insinuando que su padre es precioso?

—Ay Julián ¿cómo crees?, pero lo que se ve no se pregunta —contesta Gina perdida en sus pensamientos.

Julián se aleja molesto y ella lo alcanza, le dice algo, ambos sonríen, le da un beso y ella regresa a mi lado.

—Vaya, qué rápido lo solucionaste.

—Es que le dije una mentira piadosa.

—Ah, ¿sí? ¿cuál?

—Que él está mucho más precioso que Cameron.

Suelto una enorme carcajada.

—Gina, como eres.

Voy a darle una vuelta a Zoe y ella está encantada jugando con los niños, ayudo a Gina a terminar de preparar los bocadillos y de un momento a otro empiezan a llegar los invitados.

Estoy sentada en la mesa cuidando a Zoe, ya que con tantos niños tengo miedo de que algo pueda pasarle, de pronto me sorprendo al ver a Barnett con la hermana de Cameron, llegan muy risueños.

Gina que también los ve, de inmediato se acerca a mí.

—No quiero amargarte el día, pero esto me huele a problemas.

—Lo sé.

—Oye, yo no creo que esta mujer esté ayudando a Cameron con la custodia de Zoe, a mí me parece que está en el lado contrario.

—Fíjate que ahora que lo dices, me estoy poniendo a dudar.

Ellos se acercan a saludar a Gina.

—Hola, Loren ¿qué hace Zoe contigo? —me pregunta Cassi.

—¿Cameron no ha hablado contigo?

—No, tenía apagado mi teléfono porque estaba muy ocupada —voltea a ver a Barnett y sonríe muy contenta.

—Bueno, prefiero que te lo cuente Cameron.

—Y a mí, Loren, ¿no piensas saludarme?

—Hola, Barnett.

Él sonríe y cuando ve el enorme anillo en mi mano cambia de color, por alguna razón diabólica, porque no puedo llamarle de otra manera, se sientan conmigo, Gina nota mi incomodidad y les dice sonriendo.

—Barnett, tenía una mesa especial para ustedes.

Barnett sonríe sin dejar de verme.

—No te preocupes Gina, aquí estaremos bien.

Gina se pone de pie.

—Loren, ¿podrías ayudarme con el pastel?

—Claro.

La sigo y al entrar a la cocina se da la vuelta tan rápido, que casi chocamos.

—Gina, ¿qué sucede? Por poco nos descalabramos.

—¿Viste la cara que puso Barnett cuando vio tu enorme anillo? Estoy segura de que lo que olía a quemado no era el carbón, si no él por el coraje que le dio. No pudo disimular.

—Ay, Gina, pero Barnett nunca ha sentido nada por mí, además ya lo viste, está saliendo con Cassi.

—Pues no lo sé, pero te puedo asegurar que le diste un muy buen golpe a su enorme ego.

—La verdad no me importa y vamos por ese pastel que tienes a muchos enanos ansiosos.

Salimos con el pastel y todos los pequeños se acercan, Zoe toma mi mano mientras les cantan las mañanitas a mis ahijados.

—Loren, ¿puedes traerme los platos de la mesa? —me pregunta Gina mientras empieza a cortar el pastel.

Asiento y voy a la cocina a recoger los platos, cuando estoy a punto de salir Barnett me lo impide poniéndose enfrente de mí.

—¿Por qué te noto diferente? —dice observándome con descaro. —Hay algo nuevo en ti que me atrae como un imán.

Doy unos pasos hacia atrás, mientras él trata de acorralarme.

—No hay nada nuevo, soy la misma gorda sin chiste y fea, que fue tu esposa.

Levanta la mano para acariciarme la cara y yo me volteó.

—Loren, por alguna extraña razón no puedo dejar de pensar en ti, es como si verte con otro hombre me hiciera pensar que nunca debí darte el divorcio.

Me tiene arrinconada junto al refrigerador y yo empiezo a sentir que me falta el aire, trato de tranquilizarme, pero no puedo hacerlo, cuando Barnett pone sus manos en mi cara para intentar besarme, entra Cameron.

Barnett se retira y sonríe burlón, Cameron se acerca a mí y al ver como estoy me da un vaso con agua de inmediato.

—Loren, trata de respirar con normalidad —se pone frente a mí y me da un beso. —Respira con calma, mi vida —toma mi cara entre sus manos para que pueda verlo a los ojos.

Hago varias respiraciones, después de unos minutos me siento mejor, Barnett sigue sin moverse de donde estaba y no deja de observarnos.

—¿De verdad piensan casarse? —pregunta incrédulo.

Cameron voltea a verlo y sonríe.

—Por supuesto, no tienes idea de cuanto te agradezco que seas un completo imbécil y dejaras ir a esta gran mujer.

Barnett se pone rojo al instante.

—Espero que después no te arrepientas, sobre todo cuando veas que es una frígida.

Cameron suelta una carcajada.

—¿Estás hablando de Loren, de mi Loren?

Barnett se ríe burlándose.

—¿Y de quién más? Es la única mujer que conozco que es más fría que el mismísimo hielo, por lo mismo te aseguro que no durarán mucho tiempo juntos.

—Bueno Barnett, a mí no me gusta ventilar mi vida privada, pero me parece que Loren lo que necesitaba era alguien que supiera como derretir ese hielo y no tienes una idea de cuanto disfruto ser yo quien lo haga.

Barnett parece que echara fuego por los ojos y sale furioso de la cocina, Cameron se sienta a mi lado.

—¿Te sientes mejor, cariño?

—Sí.

En eso entra Zoe y corre a los brazos de Cameron.

—¡Papi, que bueno que volviste! ¿Ya viste que Loren y yo estamos vestidas iguales?

Cameron pone cara de asombro.

—No puede ser, mis dos mujeres están hermosas con un vestido rosa.

—Sí, papi, yo escogí el vestido de Loren, ¿verdad que se ve muy bonita?

—Sí, mi princesa, se ve hermosa.

Zoe se baja de los brazos de su papi y se va a jugar con los demás niños.

—Deberías buscar otro abogado, no creo que tú hermana esté siendo de mucha ayuda si está saliendo con Barnett.

—La verdad no tenía ni idea, pero sin duda lo haré.

Me da la mano para que me ponga de pie.

—Bueno, mi Caperucita, vamos a disfrutar de la fiesta, que verte con ese color me dio hambre.

Pongo los ojos en blanco.

—A ti con todos los colores que me pongo te da hambre.

—Bueno, ¿qué le vamos a hacer, si siempre te ves apetitosa?

Salimos a disfrutar de la fiesta y Cameron se sorprende cuando ve quién está en nuestra mesa.

—Hola, Cassi. Te estuve llamando.

—Lo siento, Cameron, pero estaba muy ocupada con Barnett.

Gina nos acerca unas cervezas.

—Loren, no deberías de tomar, menos cerveza, si ya sabes que no te sienta bien —dice Barnett muy serio, de inmediato Cameron lo fulmina con la mirada.

—No te preocupes Barnett, tú cuida de mi hermana y yo cuidaré de mi prometida, por suerte me tiene a mi para cuidarla en caso de que no se sienta bien.

Barnett tuerce la boca molesto, Cameron sonríe y no deja de darme besos, incluso me hace caricias en las piernas.

Cassi nos observa sorprendida.

—Wow, Cameron, nunca te había visto tan enamorado.

—¿Qué te puedo decir Cassi?, llegó a mi vida la mujer perfecta —voltea verme y me da un beso que hace que mi corazón se acelere.

—¿Y cuándo es la boda? —pregunta Barnett interrumpiendo nuestro beso.

Cameron voltea a verme y me sonríe.

—Si por mi fuera, mañana mismo, pero es mi prometida quien decide, yo por mi parte tengo que confesar que no puedo estar separado de ella, esta mujer es mi mayor droga.

Barnett se pone de pie furioso.

—Vámonos, Cassi, acabo de recordar que tengo algunas cosas por hacer.

Se levantan y se van rápidamente.

—No me gusta nada que este tipo te esté rondando.

—No te preocupes, se ve muy entusiasmado con tú hermana.

—Yo no lo creo, no dejó de devorarte con la mirada toda la tarde.

—Vamos a cambiar de tema, no tengo ánimos para hablar de Barnett.

—Tienes razón, muchas gracias por todo lo que hiciste por Zoe.

—No tienes nada que agradecer, yo quiero mucho a Zoe y haré lo que pueda por verla feliz.

Me da un beso y nos interrumpe Gina.

—Parejita, hagan el favor de comportarse, que esto es una fiesta infantil.

Gina se sienta a mi lado y Julián se lleva a Cameron a platicar.

—No puedo creer que ahora Barnett y tú son familia, esto es increíble.

—Lo sé y de verdad no quiero pensar mal, pero no creo que esté con ella por nada bueno.

—De ese idiota se puede esperar cualquier cosa.

Seguimos disfrutando de la fiesta por un rato más hasta que Zoe se queda dormida en los brazos de Cameron y nos despedimos para llevarla a descansar.

—Tengo que ir a hablar con Greta mañana, según ella me va a firmar un acuerdo por la custodia de Zoe.

—Yo no confió en esa mujer, deberías de tener cuidado.

—No te preocupes, lo haré. Por cierto, le expliqué a Julián el caso y me dio muchas esperanzas, me dijo que si mañana no consigo que me firme el acuerdo él puede llevar mi caso.

—Me alegro, sé que te da un poco de desconfianza porque es el hermano de Barnett, pero te aseguro que es un excelente abogado.

—Sí, esperemos a ver qué pasa mañana.

Llegamos al apartamento y le pongo una pijama a Zoe para acostarla, ni siquiera se despierta cuando la cambio de lo agotada que quedó.

—Loren, quiero que nunca olvides lo importante que eres para mí, te amo tanto que a veces siento que puedo salir lastimado.

Me acerco y le doy un beso.

—Te amo, Cameron y eso nada ni nadie lo podría cambiar.

Nos acostamos y de inmediato me abraza por la espalda.

—¿Estas muy cansada? —pregunta mientras besa mi cuello.

—Depende para qué.

Se da la vuelta para quedar sobre mí y me besa.

—Para recordarte cuánto te amo.

Acaricio su espalda y rápidamente me quita la pijama, empieza a besarme el cuello y cuando pasa su lengua por mis pechos lo sorprendo al darle la vuelta.

—Parece que después de todo no estabas tan cansada.

Hacemos el amor de una manera increíble que hace que me sienta mucho más unida a Cameron, definitivamente lo amo con locura y eso nada ni nadie podrá cambiarlo, nos quedamos dormidos con una enorme sonrisa después de algunas horas.

Me despierta la luz del sol entrando por la ventana, veo el reloj y ya pasan de las 10 am, escucho las risas de Cameron y Zoe en la cocina, entro al baño para adecentarme un poco y sigo el delicioso aroma del desayuno.

—Buenos días, ¿qué huele tan rico?

Le doy un beso a Zoe y me acerco a Cameron para saludarlo también, él inmediatamente me toma por la cintura y me besa.

—Bueno, Zoe y yo preparamos unas deliciosas crepas con plátano y fresa.

—Uhmm.

Nos ponemos a desayunar y no paramos de reír por las ocurrencias de Zoe, al parecer es igual que su papá, le gusta decir lo que piensa.

Me pongo a recoger la cocina y Zoe se va a su habitación a ver dibujos animados, después de un rato viene Cameron listo para ir a hablar con Greta, trae un traje negro muy elegante y se ve tan guapo, que me dan un poco de celos.

—Espero no tardar mucho, quiero que esta semana nos vayamos a Aspen, no tenemos trabajo por unos días y podríamos aprovechar quedarnos allá.

—Está bien, prepararé nuestras maletas y las de Zoe.

Se acerca y me toma de la cintura para besarme.

—No me tardo.

—Eso espero, aún no te vas y ya te extraño.

Sonríe, me da otro beso y se va, yo me quedo con una sensación extraña en el estómago, tal vez sean mis celos absurdos, pero realmente me siento incómoda, mejor me pondré a preparar las maletas para dejar de pensar en tonterías.

Pasan varias horas y no tengo noticias de Cameron, aunque estoy muy preocupada no quiero llamarlo para que no sienta que lo estoy vigilando, por alguna extraña razón, siento una opresión muy grande en el pecho.

Tocan el timbre y Zoe corre a abrir, mi mamá y Héctor se sorprenden al verla.

—¿Y esta pequeña tan hermosa quién es? —pregunta mi madre sonriendo.

—Soy Zoe, la hija de Cameron.

Héctor y mi madre le sonríen y la saludan.

—Yo soy Nora, la mamá de Loren y él es mi esposo Héctor.

Zoe se queda pensando por un momento.

—Cuando mi papi y Loren se casen ¿ustedes serán mis abuelitos?

Héctor le sonríe con ternura y mi mamá se sorprende.

—Sí, hija, seremos tus abuelitos.

Ella los abraza emocionada y después corre a su habitación a seguir jugando. Yo me acerco a saludarlos.

—Hija, qué niña tan agradable y hermosa.

—Sí, mamá, lo es.

—¿Y dónde está Cameron?

Empiezo a prepararles un café.

—Estoy preocupada, desde temprano se fue a hablar con la mamá de Zoe para que le firmara un acuerdo por la custodia y aún no regresa.

—Bueno hija, no te preocupes, tal vez ya no tarda en volver.

Nos estamos tomando nuestro café cuando suena mi teléfono, no conozco el número y al revisar los mensajes dejó caer la taza de café, mi madre me arrebata el teléfono mientras Héctor limpia el tiradero que acabo de hacer.

—Hija mía, por Dios, esto no puede ser, no puedo creerlo de Cameron.

Empiezo a llorar y mi mamá me grita.

—No, por favor, Loren, no te pongas a llorar ¿sabes dónde vive esa mujer?

—Sí, mamá, pero ¿para qué quieres saberlo?, las fotos están muy claras, los dos están desnudos y besándose.

—Eso sí que no, de mi hija nadie se vuelve a burlar.

Se va con prisa a la habitación y regresa con el rifle.

—Ahora sí me aseguré de que esté cargado.

En eso sale Zoe y se sorprende al ver a mi mamá con el rifle en la mano.

—No te asustes pequeña, es de juguete, vamos ahora mismo a pedirle una explicación a Cameron.

—Mamá, no quiero más humillaciones, si él ya tomo la decisión de volver con Greta yo tengo que respetarlo.

—A mí no me interesa si tomo la decisión o no, pero primero tenía que darte una explicación y ahora mismo vamos a ir a pedírsela, así que Héctor cuida a la pequeña, que no nos tardaremos.

—Nora, por favor tengan cuidado, no vayan a cometer una locura.

Salimos y mi madre va manejando mientras yo le doy las indicaciones, al llegar no quiero bajarme.

—Loren, por favor, entiendo cómo te sientes, pero tienes que enfrentar a Cameron, no parece de ese tipo de hombres.

Nos bajamos y tocamos la puerta, nos abre una señora un poco mayor, mi mamá la hace a un lado y entra con el rifle en mano.

—Dígame, ¿dónde está Cameron?

La señora se sorprende y nos apunta a las escaleras, mi madre empieza a subir con prisa y yo la sigo, entramos a la primera habitación que encontramos y ahí están, dormidos profundamente, Greta está dormida sobre el pecho de Cameron, mi corazón empieza a latir con fuerza y siento como si mi corazón se rompiera en mil pedazos.

Mi madre hace un disparo al aire y Greta se levanta asustada.

—Pero ¿qué hacen aquí? ¿Cómo se atreven a entrar de esa manera a mi casa?

Mis lágrimas no dejan de correr por mis mejillas, me siento tan humillada, de pronto me quedo observando a Cameron por un momento, no se mueve, ni siquiera con el disparo despertó, me acerco a él rápidamente y está muy pálido, tomo su mano para checarle el pulso.

—Mamá, llama a una ambulancia, Cameron tiene el pulso muy débil.

Empiezo a temblar nerviosa, siento que en cualquier momento el corazón de Cameron puede detenerse, mi madre sigue apuntándole a

Greta, mientras ella voltea asustada a ver a Cameron, me levanto de inmediato y me acerco a Greta, le doy una buena bofetada que le volteo la cara.

—¿Qué fue lo que le hiciste a Cameron?

Ella empieza a llorar, pero no responde a mi pregunta, yo que nunca me había sentido más furiosa que en este momento, la tomo del cabello con fuerza.

—Respóndeme, ¿qué le hiciste?

—Lo drogué para poder desnudarlo y tomarme las fotos con él —me contesta llorando, de inmediato le volteo la cara de otra bofetada.

Mi mamá está sorprendida y furiosa, yo quisiera destrozarla con mis propias manos.

—Loren, llamaré a la policía y a Julián también, esto es más grave de lo que parece.

Asiento y regreso al lado de Cameron que cada vez tiene el pulso más débil, después de unos minutos, que se me hacen eternos llega la ambulancia, entran los paramédicos y lo empiezan a revisar; sus caras son de preocupación.

—Tenemos que llevarlo al hospital de emergencia, está grave.

Asiento, yo me voy en la ambulancia con Cameron, mi madre se queda en la casa de Greta esperando a la policía y a Julián.

Al llegar al hospital, lo ingresan para hacerle estudios rápidamente, yo me quedo en la sala de espera angustiada y sin dejar de llorar, no puedo creer que esto esté pasando; después de unas horas llegan Héctor, mi madre y Julián.

—¿Dónde está Zoe? —pregunto preocupada.

—Se la llevo Gina, hija, no te preocupes ella está bien ¿qué te han dicho de Cameron?

—Aún nada, estaba muy mal mamá, si algo le pasa yo no podré soportarlo.

Mi madre me abraza.

—Tranquila, hija, ya verás que todo estará bien.

—Se llevaron detenida a Greta por intento de homicidio, no sabemos los cargos que se le imputen hasta no saber el estado de Cameron —dice Julián, preocupado.

—¿Cómo pudo hacer algo así?

—Quería que dejarás a Cameron, hija, esa era su intención.

—Pero estaba exponiendo la vida de Cameron, el padre de su hija.

Mi madre vuelve a abrazarme.

—Hija, tienes que calmarte.

En eso sale el doctor.

—Familiares de Cameron Parker.

De inmediato nos acercamos todos al doctor.

—Yo doctor, soy su prometida.

—Lamento mucho tener que decirle esto, pero la droga que le dieron al señor Parker es muy fuerte y realmente no sabemos cuánto daño le causó, le estamos haciendo estudios para saber su estado.

Empiezo a llorar desconsolada y mi madre trata de calmarme.

—Hija, Cameron es un hombre joven y muy fuerte, ya verás que sale de esta.

Volteo para ver a Julián y le digo con un odio que jamás había sentido.

—Quiero a esa mujer en la cárcel, que pague por lo que le hizo a Cameron, esto no se puede quedar así.

Julián asiente.

—Así será, Loren, yo me encargaré de eso.

—Doctor ¿puedo verlo?

—En un momento viene la enfermera por usted.

—Gracias.

Julián se acerca al doctor.

—Soy el abogado de la familia, ¿puedo hablar con usted?

El doctor asiente, ellos se alejan y yo no puedo dejar de llorar.

—¿Por qué tenía que pasar esto, mamá? ¿Por qué Cameron confío en esa mujer?

—No creo que confiara en ella, hija, pero sin duda estaba pensando en lo mejor para Zoe.

—Lo sé, quería que nos fuéramos a Aspen unos días, él creía que Greta le iba a dar la custodia de Zoe.

—Estoy segura de que esa mujer tenía todo planeado.

Después de un rato sale una enfermera y me dice que, por fin, puedo entrar a ver a Cameron.

Me pongo un traje especial para poder entrar, antes de hacerlo me limpio las lágrimas, tomo varías respiraciones, me acerco, se me parte el corazón al verlo conectado a tantas máquinas, tomo su mano y le doy un beso en la frente.

—Cameron, tienes que despertar, Zoe y yo te necesitamos, no nos puedes dejar solas.

Por más que trato de hacerme la fuerte, mis lágrimas no se detienen, me siento a su lado sin soltar su mano y me quedo ahí viéndolo hasta que regresa la enfermera.

—Lo siento señorita, pero ya tiene que irse.

Asiento muy triste y me pongo de pie.

—Te amo, Cameron, no puedes dejarme sola —me limpio las lágrimas y le doy un beso antes de salir.

Cuando llego a la sala de espera está Zoe con Gina, en cuanto Zoe me ve, corre a mis brazos.

—¿Cómo está mi papi? Me dijo mi abuelita que está dormido.

Paso saliva tratando de pasar el nudo que siento en la garganta.

—Sí, princesa, tú papi trabaja mucho y se quedará a descansar unos días aquí, pero yo voy a cuidarte.

—¿Y mi mamá?

—Ella se fue de viaje por unos días, pero no tardará mucho en regresar.

Me abraza con sus pequeñas manitas con fuerza.

—No me importa, Loren, mientras tú o mi abuelita me cuiden ¿qué tiene que mi mamá no regrese?

A mí nuevamente se me hace un nudo en la garganta y Gina se limpia las lágrimas.

—Loren, lo que necesites no dudes en llamarme, yo puedo cuidar a Zoe cuando sea necesario.

—Gracias, Gina —me acerco a darle un abrazo.

—¿Hija, por qué no vas a descansar?

—Mamá, ¿podrías cuidar esta noche a Zoe?, quiero quedarme con Cameron, te prometo que mañana descansaré.

—Está bien, pero mañana venimos por ti a primera hora para que sin falta vayas a descansar.

Después de un rato se van y consigo que me dejen entrar a la habitación de Cameron para quedarme toda la noche a su lado.

Por la mañana entra el doctor a revisarlo.

—¿Qué pasa doctor?

—No hay cambios, no sabemos cuánto tiempo pueda pasar para que reaccione, si es que lo hace.

Van pasando los días y yo paso la mayor parte del tiempo en el hospital, cada día que Cameron no reacciona, siento que mi mundo se derrumba poco a poco. Vengo a quedarme al apartamento en las noches por Zoe, extraña mucho a su papá y trato de consolarla, a veces, aunque no quiero llorar para no ponerla triste, el dolor es más fuerte que yo.

Cassandra, no ha ido a verlo en ninguna ocasión, pareciera que le alegra lo que está sucediendo. Cuando la llamé para avisarle que Cameron estaba muy grave, me dijo que estaría al pendiente y no volvió a llamar.

Capítulo 8

Hoy me levanto con los ánimos renovados, aunque Cameron ha tenido muy poca mejoría, el doctor nos da muchas esperanzas, parece que los estudios han salido mucho mejor y eso me tiene muy animada, yo no dejo de repetirle todos los días, cuánta falta me hace y lo mucho que lo amo.

Empiezo a preparar el desayuno para Zoe y para mi cuando tocan la puerta, abro y Barnett entra empujándome.

—¿Qué haces aquí, Barnett?

—Vengo a consolarte, ya me di cuenta de que tu prometido está moribundo.

—Barnett, hazme el favor de irte ahora mismo.

Empieza a caminar hacia mí, intimidándome con su altura, recuerdo de inmediato que mi madre dejó el rifle en el mueble de la cocina y corro para recogerlo mientras él me sigue; lo saco rápidamente y le apunto, él se sorprende pero sonríe.

—Deja eso Loren, tú no tienes el valor de dispararme.

—No me provoques, te puedes llevar una sorpresa.

Lo hago caminar hasta la puerta cuando Zoe viene entrando, se asombra cuando me ve con el rifle.

—¿Qué pasa, Loren, por qué le apuntas al tío de mi amiguito Julián?

—Estamos jugando, pequeña, a los policías y ladrones.

Ella sonríe muy contenta.

—Yo quiero jugar.

Corre a la cocina y regresa con una enorme cuchara de cocinar, se acerca a Barnett y comienza a pegarle con la cuchara.

—Toma, malvado —dice mientras no deja de golpearlo.

—Pero ¿qué estás haciendo niña? —grita Barnett sorprendido.

—Nosotras somos los policías buenos y tú eres el ladrón.

Lo sigue golpeando y accidentalmente le da ahí, en donde tiene su pequeño amiguito.

—Loren, quítame a esta niña de encima, está igual de loca que su padre.

Dejo el rifle y tomo a Zoe en los brazos mientras él sigue con las manos en su amiguito.

—Vete, Barnett, no quiero que vuelvas a buscarme o ya sabes lo que te puede pasar.

—No puedo creer que estés cuidando a esta niña que no es nada tuya.

—Lárgate ahora mismo y no vuelvas.

Sale furioso y yo cierro la puerta, suspiro y sin poder evitarlo suelto una enorme carcajada recordando la escena, Barnett no sabía cómo reaccionar.

—¿Le ganamos al ladrón, Loren? —pregunta Zoe emocionada.

—Oh, claro que sí, gracias a ti lo vencimos. Ven, que te voy a preparar una deliciosa malteada como premio por ser tan valiente.

Ella pega un grito muy emocionada.

—¡Yeiii, sí quiero una malteada!

La acomodo en la silla, mientras termino de preparar todo, cuando estamos terminando de desayunar suena mi teléfono, es mi madre.

—Mamá, te he estado llamando desde temprano ¿por qué no me contestabas? Necesito saber cómo sigue Cameron, si ha tenido algún cambio o qué te ha dicho el doctor, sabes lo nerviosa que estoy y no me contestabas.

—Bueno, Caperucita, si me dejas hablar yo mismo te lo puedo decir.

Pego un enorme grito y Zoe me ve asustada.

—Es tú papi, Zoe, por fin despertó.

Ella se pone de pie y comienza a bailar emocionada.

—Sí, mi papi, ya despertó.

Aunque tiene su voz un poco ronca se escucha muy bien.

—Creo que ya te estás tardando en venir a verme.

—Cariño, no puedo creerlo, por fin despertaste, enseguida vamos para allá —digo con mis ojos llenos de lágrimas.

—No tardes, no me importa si vienes vestida de zombi o con mis sandalias, pero no tardes.

Lloro emocionada.

—No tienes idea de cuánto te he extrañado.

Cuelgo y tomo de la manita a Zoe para correr a cambiarnos, no tardamos mucho en estar listas, nos vamos en mi coche al hospital y el camino se me hace eterno.

—Loren, estoy feliz de que mi papi ya despertó.

—Yo también, princesa.

Al llegar al hospital hablo con el doctor para que Zoe pueda entrar a ver a Cameron, cuando el doctor nos da su autorización, entramos las dos emocionadas.

Cameron está platicando con mi madre y al vernos su cara se ilumina, nos acercamos y nos abraza emocionado.

—Mis mujeres hermosas.

Nos da besos a las dos.

—No me vuelvas a dejar nunca más, ¿me escuchaste? —lo recrimino limpiando mis lágrimas.

—Sí, papi, no vuelvas a dormir tantos días, Loren y yo te extrañamos mucho.

Él sonríe emocionado, con lágrimas en los ojos.

—No, mi princesa, creo que ya dormí suficiente y no lo volveré a hacer, te lo prometo.

Nos quedamos un rato ahí abrazadas junto a Cameron, tengo mi mano sobre su corazón, sentirlo latir con normalidad me reconforta, mi madre se acerca para tomar a Zoe en los brazos.

—Bueno, pequeña ¿me acompañas a comer unas deliciosas galletas?

—Sí, abuelita, vamos.

Mi madre se emociona cuando la escucha decirle así, se van, yo me acomodo en la cama con Cameron y lo abrazo con fuerza aspirando su aroma tan familiar, no puedo dejar de besarlo y tocarlo.

—¿Qué sucedió con Greta?

—Está detenida por intento de homicidio.

—Nunca pensé que pudiera hacer algo así.

—¿Qué fue lo que pasó?

Él suspira.

—Recuerdo que llegué, ella me estaba esperando, me invitó a tomar un café y no acepté. Estuvimos hablando del acuerdo y justo cuando pensé que lo iba a firmar, sentí un pinchazo en el cuello, después de eso no recuerdo nada más.

—Me mandó fotos.

—¿Qué?

—Fotos de ustedes desnudos y besándose.

Él besa mi frente.

—Yo sería incapaz de engañarte, no sé cómo pude ser tan idiota de caer en su trampa.

—Por un momento lo dudé, pero a qué ni sabes qué…

—¿Qué?

—Mi madre me obligó a ir a buscarte, la hubieras visto, iba con el rifle en la mano, me dijo que tú no eras capaz de hacer algo así y que teníamos que enfrentarte.

—Por eso adoro a mi suegra.

—Cuando llegamos Greta estaba dormida en tus brazos, mi madre dio un disparo al aire y ella se despertó asustada, cuando yo me acerqué a ti, me di cuenta de que tu pulso estaba demasiado débil, así que llamamos a una ambulancia, mi madre le habló a la policía y a Julián.

—Lo raro es que Greta estaba frente a mí cuando sentí el pinchazo, estoy seguro de que tiene un cómplice.

—Cameron, yo le avisé a Cassi, pero nunca tuvo intención de venir a verte y tampoco llamó para preguntar por ti.

—Me lo puedo imaginar, pensaría que si muero todo le quedaría a ella, aunque no la creo capaz de ayudar a Greta, soy su hermano, su única familia.

—Bueno, cariño es mejor que descanses, no quiero que te esfuerces, llamaré a Julián para que venga y te explique todo.

Empiezo a acariciar su pecho y poco a poco se queda dormido, aunque aparentemente se ve bien, sé que aún está débil, no entiendo como Greta pudo hacer algo así, yo me siento culpable por llegar a pensar que me estaba engañando, en eso entra Julian y me hace una seña para que salga, me pongo de pie con cuidado para no despertar a Cameron y salgo de la habitación.

—¿Qué pasa Julián?

—No traigo buenas noticias y quería decírtelas a ti primero.

—Dime ¿qué sucede?

—Primero que nada, tenemos la custodia temporal de Zoe, el problema es que Greta va a salir en libertad, como Cameron sigue con vida su abogado pidió que saliera bajo fianza.

—¿Y quién es su abogado?

—Es Barnett.

—No puede ser.

—Estoy seguro de que son cómplices, no tengo pruebas pero sé de lo que mi hermano es capaz, por conseguir lo que quiere y por alguna razón está obsesionado en volver contigo.

—No lo entiendo, Barnett no me ama.

—Yo tampoco lo entiendo, Loren, pero no quiere verte feliz.

—¿Y crees que Cassi también pueda ser cómplice?

—Sí, estoy seguro de que ella le dio la dirección de Cameron en Aspen, a Greta.

Suspiro frustrada, Julián pone su mano en mi hombro.

—Loren, tenemos que tener cuidado, estos tres juntos nos pueden perjudicar muchísimo, por desgracia ya nos dimos cuenta que son peligrosos.

—Julián, no estoy segura si deberías decírselo a Cameron o esperar unos días, aún está delicado.

—Loren, yo creo que es mejor que lo sepa ahora, así no se sorprenderá si ve a Greta en libertad.

—Sí, tienes razón —paso mis manos por mi cara con frustración. — Esta mañana fue Barnett a buscarme, me dijo que quería consolarme porque mi prometido está moribundo.

—Es mi hermano, pero no puedo creer lo desgraciado que es.

—Afortunadamente mi madre dejó el rifle a mi alcance y logré que se fuera, pero la verdad tengo miedo de que regrese y estemos Zoe y yo solas.

—¿Ves?, por eso te digo que es mejor que hablemos con Cameron y él tome una decisión.

—Está bien.

Entramos a la habitación de nuevo, Cameron sigue dormido, con Julián nos sentamos para seguir platicando y al poco tiempo Cameron despierta.

—¿Por qué se ven tan sospechosos?

Me pongo de pie y me acerco para darle un beso, Julián se acerca a saludarlo.

—Cameron, qué alegría verte bien, ¿cómo te sientes?

—Bien, Julián, creo que por esta vez me libré. Espero que me tengas buenas noticias.

Julián agacha la cabeza.

—Lo siento, pero no, Greta saldrá de la cárcel bajo fianza.

—¿Qué? Pero estuvo a punto de asesinarme ¿cómo es que va a salir en libertad?

—Es complicado, Cameron.

—Tengo que hablar con Cassi cuanto antes.

Julián niega con la cabeza.

—Su bufete la está representando, de hecho, Barnett es su abogado.

Cameron empieza a maldecir y trata de levantarse, pero se marea, por lo que de inmediato volvemos a acomodarlo en la cama.

—Amor tienes que descansar, necesitas recuperarte, no puedes hacer nada en estas condiciones.

—Lo sé, pero me cuesta mucho creer que mi hermana esté apoyando a la mujer que me puso entre la vida y la muerte, de verdad que no puedo entenderlo, Julián, necesito de tu ayuda, voy a disolver mi sociedad con mi hermana y necesito al mejor abogado para que me represente.

—Estoy para servirte, la custodia de Zoe la tenemos por ahora, pero tenemos que seguir peleando para que la tengas permanente.

—Gracias, Julián.

—Bueno, yo los dejo para que sigan hablando, voy a ver a Zoe.

Le doy un beso a Cameron y salgo de la habitación. Mi madre, Héctor y Zoe están en la cafetería muy entretenidos comiendo.

—Hija, ¿todo está bien con Cameron?

—Sí, mamá, lo dejé hablando con Julián, quise venir a ver cómo está Zoe.

—Estoy bien, Loren, pero quería preguntarte si me dejas ir a casa de mis abuelos, mi abuelo me hará galletas con chispas de chocolate.

Le doy un abrazo y un beso en la mejilla.

—Está bien, princesa, puedes ir a casa de tus abuelos.

Ella aplaude emocionada.

—Hija, no te preocupes por Zoe, nosotros cuidaremos de ella para que tú te puedas quedar con Cameron.

—Gracias, mamá.

Les doy un beso y me despido de ellos, regreso a la habitación de Cameron y me encuentro a Cassi antes de llegar.

—Hola, Loren, vengo a ver a Cameron ¿cómo sigue?

Estoy molesta con ella, pero no puedo reclamarle nada porque a mí, no me corresponde.

—Deberías de pensar si haces bien en defender a Greta, tu hermano estuvo a punto de morir por su culpa.

—Es la madre de mi sobrina.

—Sí y el hombre que está ahí adentro en peligro de morir es tú hermano. Gracias a él tienes el bufete.

—Tú no te metas en lo que no te importa, necesito saber si estás casada con Cameron o si hay algún testamento en el que te deje como su heredera.

—¿Qué?

—Por favor, Loren, yo sé que no va a sobrevivir, por desgracia a Greta se le pasó la mano con la dosis de la droga y como soy su única familia aparte de Zoe estoy segura de que todo será para mí, yo seré la albacea de Zoe, por eso necesito que Greta salga de la cárcel para que se haga cargo de la niña; te exijo que me des las llaves de la casa de Aspen, Ted y su esposa no me permiten la entrada y quiero disponer de ella cuanto antes.

Intento calmarme, pero no puedo, estoy furiosa, antes de que pueda decir algo viene saliendo Julián de la habitación de Cameron; menos mal que salió, porque si no, lo más probable es que estuviera arrestada por agresiones.

—¿Y entonces, Julián? Me imagino que tú puedes decirme si mi hermano tiene algún testamento.

Julián me ve desconcertado.

—¿De qué estás hablando, Cassandra? La verdad es que no tengo idea si hay algún testamento, pero ya que estás aquí, me gustaría que me des una cita para entregarte un documento de disolución de sociedad.

Cassi se pone pálida.

—No, esto no puede ser, Cameron no se atrevería a hacerme algo así, soy su única hermana, además por lo que sé aún está grave, no se puede hacer caso a las palabras de un moribundo.

Estoy a punto de lanzarme a golpearla, Julián que ve mis intenciones me detiene y me dice muy despacio sólo para que yo escuche.

—No lo hagas, eso empeoraría las cosas, aunque no quiera reconocerlo es una excelente abogada.

Asiento porque sé que tiene razón.

—Lo siento, Cassandra, pero son las órdenes que tengo y necesito que arreglemos esto cuanto antes.

—Esto no se va a quedar así, les juro que me las van a pagar, yo me voy a encargar de que Zoe vuelva con su madre y Cameron no pueda verla nunca más, además trabajas para un bufete mediocre, ni siquiera es reconocido, no podrías competir con el mío.

Julián sonríe.

—Bueno, eso lo veremos, de ahora en adelante pondré mi propio bufete asociado con Cameron Parker, ¿tienes una idea de lo que eso significa?

—Mientras Cameron no esté bien, no pienso aceptar ninguna disolución de sociedad, voy a comprobar que eres tú, Loren, la que está tomando unas decisiones que no le corresponden, estoy segura de que Cameron no sabe lo que dice, eso sin contar que lo más seguro es que ni siquiera esté totalmente consciente.

Cassi está echando fuego por los ojos y sale muy molesta del hospital.

—No puedo creerlo ¿de dónde sacó que Cameron está moribundo y que no puede hablar bien?

Julián me ve con preocupación.

—Loren, la droga era muy potente, la dosis que él recibió fue demasiada, así que es un milagro que esté bien y completamente sano.

—¿Cómo lo sabes?

—Estuve hablando con el doctor para preparar la demanda.

—Espero que paguen por lo que hicieron.

—Yo también lo espero y te prometo que no voy a descansar hasta que eso suceda.

—Por cierto, Julián, ¿es verdad eso de que vas a poner tu propio bufete?

—Sí, Loren, Cameron me ofreció ser socio y a cambio seré el abogado de sus empresas.

Le doy una abrazo mientras él me sonríe emocionado.

—No tienes idea de la gran oportunidad que me está dando Cameron, a partir de hoy mi carrera irá en ascenso.

—Te felicito, Julián, me alegro mucho por ti, te lo mereces porque eres un excelente abogado.

—Gracias, Loren, bueno, tengo que irme, tengo mucho trabajo por hacer y lo primero será buscar mi nueva oficina, Gina estará feliz cuando se lo diga.

—Me lo imagino, salúdala de mi parte y dales un beso a mis enanos.

Regreso con Cameron a la habitación y está sentado en la cama.

—Amor, ¿por qué estás sentado?

—Quiero levantarme de la cama, me tiene cansado.

Lo hago acostarse de nuevo y me acomodo a su lado.

—¿Y si me acuesto contigo, aún te tendrá cansado la cama?

—Bueno, no tanto, pero estar en la cama contigo me da hambre y no de comida precisamente.

Sonrío feliz, me alegro tanto de volver a escuchar sus ocurrencias.

—No tienes idea de cuánto te extrañé, aunque siempre me hagas avergonzarme con tus comentarios tan directos.

Me abraza con fuerza.

—¿Tanto como para darme por fin una fecha para casarnos?

Sonrío y lo abrazo.

—Eso me huele a chantaje.

—Sí, Caperucita, eso es.

—Pues con el susto que me diste, te puedo decir que me casaría mañana mismo contigo.

Voltea a verme sorprendido.

—¿Y por qué no lo hacemos?

—¿Aquí en el hospital?

—¿Qué tiene?, así me aseguro de que no te arrepentirás después.

—No podemos planearlo tan pronto amor.

—Oh, claro que sí, tú di que aceptas y yo me encargo de lo demás.

—Cameron, ¿te han dicho alguna vez, que estás loco?

—Oh, sí, Caperucita, muchas veces, pero la locura que siento por ti es lo mejor que me ha pasado.

En eso entra el doctor y yo me pongo de pie de inmediato.

—Bueno, Cameron, tengo que decirte que me has sorprendido, apenas despertaste y tus análisis están perfectos, aun así, me gustaría que pasaras unos días más aquí para tenerte en observación, es muy importante que te mantengas hidratado.

—Está bien, doctor. Gracias.

El doctor sale y yo me vuelvo a acomodar en la pequeña cama, el trasero me queda en el aire y estoy incómoda, pero no me importa, necesito sentir a Cameron cerca.

—No me has dado una respuesta.

—Cameron, ¿estás hablando en serio? ¿quieres que nos casemos aquí en el hospital?

—Sí, nunca he hablado más en serio en toda mi vida, imagínate, sería algo inolvidable.

Suelto una carcajada.

—De eso estoy segura, pero no tardarás mucho en salir y así podremos planear la boda en unos meses.

—De ninguna manera esperaría unos meses o semanas, muy apenas puedo esperar algunas horas.

—Cameron, no seas exagerado.

—Vamos, Caperucita… acepta.

Me quedo observando su cara por un momento, aún sigue pálido, tiene ojeras y su voz es más ronca de lo normal, me sonríe esperanzado, sólo de pensar qué hubiera hecho sin él, mis ojos se llenan de lágrimas.

—Está bien, acepto.

Sonríe emocionado y me besa.

—Te prometo que cuando salga, tendremos una celebración como Dios manda, con Zoe, mi suegra, Héctor, Gina, Julián y los niños, podemos llevarlos un fin de semana a Aspen y festejar allá, ¿qué te parece?

—Me encanta la idea, por cierto, me da mucho gusto que apoyaras a Julián, de verdad que no te vas a arrepentir.

—Lo sé, también estoy seguro de que no me arrepentiré. Bueno, Caperucita, vamos a dormir que mañana nos casamos.

Sonrió feliz, creo que conocí al hombre más loco que hay sobre la tierra, pero no lo cambiaría por nada.

Por la mañana muy temprano viene la enfermera a revisar a Cameron.

—Caperucita, no te estoy corriendo, pero deberías ir a buscar tu vestido de novia, la ceremonia será a las 5.

—¡¿Qué?!, pero ¿a qué hora arreglaste todo?

—Oh, tú no tienes idea de lo que puedo llegar a hacer, para conseguir lo que quiero.

—Está bien, me voy, nos vemos en la ceremonia.

Le doy un beso y él me sonríe feliz, me voy a recoger a Zoe y a mi madre para comprar mi vestido de novia.

—Hija, no cabe duda de que Cameron me cae cada vez mejor.

—¿Cómo no te va a caer bien, mamá? si son muy parecidos.

Mi madre suelta una carcajada enorme.

—Ay, hija. es que tenemos que disfrutar de la vida, Cameron hace bien en hacerte firmar el papelito, con lo loca que estás no vaya a ser y te arrepientas.

—¡Mamá!

Llegamos a una pequeña tienda de vestidos de novia, Zoe está emocionada y quiere que me mida todos los vestidos que hay en la tienda.

—Mamá, quiero un vestido sencillo porque la boda será en el hospital, no puedo llegar con un enorme vestido.

—Bueno, tienes razón, hija. Vamos a buscar.

Zoe me señala un vestido.

—Mira, Loren, ese vestido está muy bonito.

Me acerco a verlo y es cierto, es un vestido blanco en corte sirena, sin mangas, en la parte del busto tiene un poco de rojo en el bordado y en la parte de abajo tiene varias capas con pequeños toques rojos, es precioso, mi madre se acerca a verlo.

—Hija, pruébatelo, es precioso.

—Abuelita, yo lo escogí.

Mi mamá abraza a Zoe y le da un beso, yo me voy al probador y al ponerme el vestido me quedo encantada, Zoe tiene muy buen gusto igual que su padre, el vestido me queda perfecto y el color rojo lo hace lucir mucho más. Salgo, mi madre y Zoe gritan sorprendidas.

—Hija, te queda precioso, el color rojo le da un toque muy sensual.

—Bueno, ya encontramos mi vestido, ahora vamos a buscar el de Zoe. Mamá, ¿tú no te vas a comprar un vestido?

—Ya lo tengo hija, lo compré cuando Cameron me pidió tu mano, cómo es de insistente imaginé que la boda sería muy pronto y no me equivoqué.

Sonrío, salimos felices de la tienda y vamos a una donde venden vestidos para niñas, en cuanto entramos Zoe ve un vestido blanco que tiene pétalos de rosas en la parte de abajo en color rojo y un pequeño cinturón rojo, es precioso.

—Quiero este, Loren, así vamos a ir vestidas iguales.

—Perfecto, vamos a ver si te queda.

Se lo pongo y parece una muñequita, se ve preciosa.

—¿Te gusta?

—Sí, Loren, me encanta, a mi papi le va a gustar mucho que vayamos vestidas iguales, de novias.

Mi madre sonríe.

—Hija, esta pequeña llegó a llenarnos de alegría y felicidad.

—Así es, mamá.

—Ayer tenía a Héctor haciéndole galletas de todos los sabores que le pedía.

—Me lo imagino.

—Bueno, hija, vámonos que se hace tarde y aún tenemos que prepararnos, no tenemos mucho tiempo.

Mi madre nos deja a Zoe y a mí en el apartamento y se va a prepararse para la ceremonia, no puedo creer la locura que voy a cometer de casarme en un hospital, le doy un baño a Zoe y ella se pone a ver dibujos animados mientras yo termino de prepararme, estoy dándome los últimos retoques de maquillaje cuando suena mi teléfono, es Cameron.

—Caperucita, estoy ansioso, espero que ya estés lista.

—Estoy terminando de arreglarme, Zoe ya está lista y no tienes idea de cómo se ve, parece una muñeca, está preciosa.

—Me lo puedo imaginar, bueno, solo quería recordarte que te amo y decirte que te estaré esperando.

Cuando por fin estamos listas, Zoe y yo nos vamos con el chofer de Cameron, estoy tan nerviosa que siento que me sudan las manos, cuando me casé con Barnett, fue algo muy sencillo, una tarde fuimos a la corte y salimos con nuestra acta de matrimonio, ni siquiera recuerdo si nos besamos cuando nos declararon marido y mujer. Salgo de mis pensamientos y Zoe está moviendo mi mano.

—Loren, ya llegamos, no puedes quedarte aquí en el coche.

Sonrío.

—Ya voy, pequeña —digo tratando de tranquilizarme, estoy teniendo problemas para respirar, los nervios me están traicionando, mi madre llega apurada y al verme me acerca una botella de agua.

—Vamos, Loren, trata de respirar, estás a punto de casarte con un hombre que te adora hija, no puedes ponerte mala y dejarlo plantado.

Las palabras de mi madre me distraen y logro recuperarme, me bajo, entramos al hospital ante la mirada atónita del personal y los pacientes, me dirijo a la habitación de Cameron, cuando Héctor me detiene.

—Te esperan en la capilla.

—¿En la capilla, pero cómo?

—Oh, hija, un hombre enamorado es capaz de cualquier cosa.

Nos dirigimos a la capilla y al entrar no puedo estar más sorprendida, hay flores por todos lados, mi madre y Zoe están sentadas en la primera fila, Gina y Julián al otro lado con mis ahijados, y ahí, en el centro de la capilla está él, aún un poco pálido, pero guapísimo, con su traje de piloto y una sonrisa enorme que hace que mi corazón quiera salirse del pecho.

Héctor me toma del brazo y empezamos a caminar al pequeño altar, mis ojos están conectados con los de Cameron, se limpia las lágrimas mientras llego a su lado, me toma de la mano y me da un beso en la frente.

—Estás preciosa, mi Caperucita.

—Y tú guapísimo, mi piloto.

—¿No importa que el traje me quede muy ajustado? —me dice muy bajito cerca del oído para que nadie nos escuche.

Le sonrío coqueta.

—No, porque todo lo que hay debajo es mío.

El padre nos interrumpe.

—Bueno, cuando terminen de secretearse, podremos empezar con la ceremonia.

Todos sonríen y yo me pongo roja de vergüenza.

—Disculpe, padre, tenía que decirle algo importante.

El padre asiente, empieza con la ceremonia, de pronto Zoe se pone de pie, se acerca a Cameron y él la levanta en los brazos.

—Zoe y yo prometemos amarte en la salud y en la enfermedad, cuidarte y respetarte por el resto de nuestras vidas, hasta que la muerte nos separe.

—No, papi, eso no digas—dice Zoe preocupada.

—Bueno, entonces, por toda la eternidad.

Me emocionó tanto que mis lágrimas no dejan de correr por mis mejillas, los tomo de las manos a los dos.

—Y yo prometo amarlos en la salud y en la enfermedad, cuidarlos y respetarlos por el resto de mi vida, por toda la eternidad.

Me ponen la argolla los dos y yo sigo llorando, Zoe vuelve a su lugar y yo le pongo la argolla a Cameron, el padre por fin nos declara marido y mujer, Cameron de inmediato me besa.

—Por fin, eres mía para siempre.

—Te amo tanto, Cameron.

—No creo que más de lo que yo a ti, Caperucita.

Se acerca mi madre y emocionada nos abraza.

—Hija, estoy tan feliz, les deseo todo lo mejor del mundo.

Héctor también está limpiándose las lágrimas cuando me abraza.

—Te deseo que seas muy feliz, hija, te lo mereces y Cameron es un buen hombre.

—Gracias, Héctor.

Gina se acerca y me abraza feliz.

—Amiga, no cabe duda de que este hombre vino a cambiar nuestras vidas de una manera muy positiva, estoy feliz por ti, estoy segura de que de ahora en adelante tu vida será maravillosa.

—Gracias, Gina.

—Ahora sí, a disfrutar para siempre de las enormes cosas de la vida.

Suelto una enorme carcajada que hace que todos volteen a verme, Julián se acerca y me abraza.

—No quiero ni imaginarme qué tanto, se dicen ustedes. Muchas felicidades.

Nos vamos a la habitación de Cameron, como es un hospital privado, el cuarto es bastante grande y nos sentamos todos a brindar, aunque Cameron sólo toma agua porque aún no puede tomar alcohol.

Zoe está feliz y muy emocionada, ya está haciendo planes para cuando su papi salga del hospital, se empiezan a ir todos y mi madre se lleva a Zoe para que yo pueda quedarme con Cameron, me traje un cambio de ropa para quitarme mi vestido y no tener que regresar al apartamento.

—Caperucita, no te quites el vestido, déjame vértelo puesto un poco más.

—Está bien.

Me acomodo en el sillón y él se sienta a mi lado, ya se quitó el traje y trae una pijama para que pueda dormir más cómodo, además, el doctor le puso la intravenosa de nuevo, para evitar cualquier recaída.

—No es justo que pasemos nuestra noche de bodas en el hospital.

—Bueno, yo estoy feliz, además con que tú estés bien, no importa dónde pasemos la noche.

—Te prometo que te voy a recompensar.

—Promesas, promesas.

—Cuando te tenga atada a mi cama y estés ansiosa por tenerme, te recordaré mis promesas.

Los dos sonreímos y comienza a besarme, me acomodo en sus piernas y cuando siento que los besos están cada vez más apasionados, me pongo de pie.

—No, amor, estás muy débil y tienes que reponerte.

—Pero, Caperucita, no puedes hacerme esto, me muero por quitarte el vestido.

—Bueno, te prometo que me lo quitarás en otra ocasión, pero hoy vamos a descansar.

Me hace un puchero muy gracioso que me recuerda a Zoe.

—Está bien, si tú insistes.

Se acomoda en la cama y yo entro al baño para ponerme ropa cómoda, guardo mi vestido con mucho cuidado en mi maleta, salgo, me acomodo a su lado y lo abrazo.

—Hoy hable con la señora Weston.

—¿Para qué?

—Le dije que no vamos a trabajar por unos meses y antes de que me digas algo, tú me prometiste que ibas a tomarte un tiempo después de la boda.

—Está bien, quiero cuidarte y estar al pendiente de Zoe, con todo lo que está pasando con su madre, me da un poco de miedo porque puede pasarte algo.

—Voy a poner seguridad en la casa de Aspen y en el apartamento, no quiero correr ningún riesgo.

—Tengo que contarte algo, Zoe y yo corrimos a Barnett del apartamento.

—Pero ¿a qué fue?

—Eso no importa, lo que te puedo decir es que yo con el rifle en la mano y Zoe con una enorme cuchara de cocinar, somos un peligro.

—¿En serio?

—Oh, sí, es que Zoe se asustó al verme con el rifle y yo para calmarla le dije que estábamos jugando a los policías y ladrones, ella dijo que también quería jugar, así que corrió a la cocina, trajo una enorme cuchara y empezó a golpear a Barnett que no tardó en irse por tanto golpe que recibió.

Cameron suelta una carcajada.

—No cabe duda de que tengo dos mujeres muy peligrosas.

Me da un beso y no tardamos mucho en quedarnos profundamente dormidos.

Capítulo 9

Van pasando los días y aunque Cameron está desesperado por salir del hospital, Zoe y yo lo tranquilizamos, pasamos la mayor parte del día con él, le trajimos su computadora para que pueda checar sus negocios, así que eso lo ha calmado un poco.

—¿Caperucita, de verdad Cassi cree que sigo grave?

—No lo sé, aunque todo parece indicar que sí, a Julián y mí nos dijo que no creía que la libraras, que a Greta se le pasó la mano con la droga, le dijimos que despertaste y según ella dijo que no se puede confiar en la palabra de un moribundo.

—Pues no hay que dejarla que me vea, así se sorprenderá más, además, ya contraté un equipo de seguridad para ti y Zoe. No quiero arriesgarme a que pueda pasarles algo.

—¿Y aquí en el hospital, no vas a poner?

Está por contestarme cuando llega el doctor.

—Buenos días, les tengo muy buenas noticias. Cameron, esta misma tarde te daremos de alta, ten paciencia si aún sientes mareos o debilidad, es normal, solo trata de descansar y mantenerte hidratado, en caso de que tengas algún problema no dudes en llamarme, también me gustaría verte en unas semanas para ver cómo sigues.

Cameron sonríe muy emocionado, parece un niño con juguete nuevo.

—Gracias, doctor, sobre todo por permitir que nos casáramos aquí, fue un gran detalle de su parte.

El doctor sonríe.

—Un matrimonio muy peculiar, muchas felicidades y no dejes de cuidarte, tal vez tardes algunas semanas en volver a la normalidad, trata de descansar y de no hacer esfuerzos por unos días más.

El doctor sale y Cameron se pone de pie.

—¿A dónde vas?

—Voy a darme una ducha, ya quiero estar listo para irme.

—Está bien, voy a preparar tu ropa.

—¿Podrías ayudarme con la ducha? Creo que me siento muy débil.

—Claro que sí, pero con una condición.

—¿Cuál?

—Que mantengas tus manos quietas.

Hace un puchero que me hace sonreír, se mete a la ducha, yo entro para estar al pendiente y me siento a esperarlo que termine.

—Loren, me siento mareado —dice Cameron muy serio, me levanto de un salto y abro la puerta de la regadera, antes de que pueda pensar, él me toma de la mano y me mete con todo y ropa, me pega a la pared y comienza a besarme.

—Cameron, no juegues con eso, me asusté.

—Lo siento, Caperucita, pero de otra manera no me hubieras hecho caso.

Empieza a desnudarme y aunque me resisto porque sé que aún está débil, no puedo, lo extrañaba tanto que cuando lo siento en mi interior suspiro de placer, no puedo dejar de acariciarlo.

—Shhh, Caperucita, no queremos que todo el hospital se entere que me estás ayudando con mi baño, pensarán que eres muy brusca para bañarme.

Sonrío porque no puedo hablar, estoy tan concentrada en las sensaciones de mi cuerpo que no tardo mucho en sentir una explosión de placer maravillosa, él me sonríe satisfecho y se recarga en la pared un poco agotado.

—No puedes imaginarte la falta que me hacías.

Le doy un beso.

—También tú me hacías mucha falta, te extrañé tanto.

Se acerca y me abraza con fuerza.

—Te escuchaba.

—¿A qué te refieres?

—A ti y a Zoe, las escuchaba hablarme como si estuviera soñando, ustedes me hicieron despertar.

—Te amo tanto, Cameron.

—Yo también te amo.

—Pero tú no entiendes que aún estás débil, así que vamos para que te acuestes y descanses un poco.

—Cuando pasaste tus piernas por mi cintura no te acordaste de que estoy débil y que no podía hacer esfuerzos —me dice sonriendo.

—Bueno, fue tu culpa por provocarme, me hiciste olvidar de todo, ni siquiera pensé que estabas haciendo un esfuerzo, además tú cara no tenía rastro de debilidad en ese momento.

Me sonríe y terminamos de bañarnos, se pone ropa deportiva, se acomoda en la cama y casi de inmediato se queda dormido, por suerte yo también tenía un cambio de ropa extra, ya que estoy lista, me siento en el sillón y a los pocos minutos se abre la puerta de la habitación, es Barnett, al verlo me pongo de pie de inmediato.

—¿Qué haces aquí?

Barnett voltea a ver a Cameron y sonríe.

—¿De verdad piensas esperar a que despierte? ¿No te das cuenta de que no tiene remedio?, la droga que le inyecté es demasiado fuerte, si llega a despertar no va a quedar bien.

Me acercó furiosa a él y le doy una bofetada.

—¿Cómo pudiste hacer algo así Barnett? ¿No te das cuenta de que pudo morir por tu culpa?

—No me importa, debería estar muerto ya, no puedo negar que es más fuerte de lo que yo pensaba.

—Eres un desgraciado Barnett, te juro que haré todo lo posible para meterte en la cárcel, tienes que pagar lo que le hiciste a Cameron.

Él suelta una enorme carcajada.

—No lo creo, no tienes pruebas, sería tu palabra contra la mía ¿y qué crees? Tú no eres nadie, deberías de pensarlo mejor, tengo unos planes excelentes y en todos ellos estás a mi lado.

—Estás loco.

—Piénsalo, por fin vamos a ser millonarios.

Lo empujo a la salida y le cierro la puerta en la cara, trato de calmarme, pero no puedo, ¿cómo pude casarme con un hombre así y no darme cuenta de cómo era realmente? Me doy la vuelta y Cameron me sonríe.

—¿Qué es gracioso? —pregunto confundida.

Me muestra su celular y pone la grabación de Barnett diciendo que él lo inyectó.

—¿De verdad lo grabaste?

—Claro, Caperucita, no te voy a negar que por un momento pensé en levantarme y golpearlo, pero como creyó que sigo grave aproveché para grabar lo que te estaba diciendo.

Me acerco a él y me acomodo en la cama.

—Cameron, tenemos que preguntarle a Julián si le sirve esa confesión.

—Claro, lo llamaré.

Ya más tarde por fin podemos salir, el chofer nos lleva al apartamento.

—Quiero que nos vayamos mañana mismo a Aspen.

—Está bien, prepararé todo para irnos.

Estoy poniéndole una manta para que se recueste en el sillón cuando tocan la puerta, abro y entra Zoe corriendo a abrazar a su papi.

—Papi, qué bueno que ya estás aquí, hice unas galletas de chocolate y la abuela te guardo unas.

Cameron la abraza emocionado.

—Perfecto, princesa, estoy ansioso por probarlas.

Se acerca y me da un abrazo.

—También trajimos para ti, Loren.

—Gracias, pequeña, ahorita voy a probarlas.

—¿Puedo ir a mi habitación a jugar?

—Claro, ve.

Mi madre y Héctor nos saludan, yo me pongo a preparar café para todos, cuando los estoy repartiendo vuelve a sonar el timbre, al abrir me encuentro con un hombre que parece un luchador, es enorme, trae un traje y unos lentes oscuros.

—Señora Parker, soy Scott, el encargado de su seguridad.

—Mucho gusto, Scott, pase por favor.

Entra y saluda a Cameron.

—Señor Parker, disculpe que lo moleste, pero tengo que informarle que hemos visto al señor Hank siguiendo a su esposa en varias ocasiones, no se dieron cuenta que usted salió del hospital porque nosotros lo evitamos, pero hace días que su coche se queda afuera del edificio.

Mi mamá suspira molesta.

—Pero ¿qué es lo que quiere ese idiota de Bobonett, acaso no se da cuenta que ya te perdió?

Cameron le sonríe.

—Suegra, recuerde que ellos no saben que estamos casados y mucho menos que yo estoy completamente sano.

Scott los interrumpe.

—Hay algo más, su hermana la señorita Parker está tratando de averiguar su estado en el hospital, hablé con el director y le dije que por su seguridad pusiera en su informe médico que fue trasladado a otro hospital y que sigue grave.

—Es una excelente idea Scott, me parece perfecto, ahora me gustaría que arreglaras todo para salir mañana a Aspen y evitar que alguien me vea salir, prefiero que sigan creyendo que me estoy muriendo.

—Como usted diga, señor. Cualquier cosa que necesite no dude en llamarme, tengo a mis mejores hombres cuidando de usted y de su familia.

Scott se despide y se va, nosotros nos quedamos pensativos hasta que mi madre habla.

—Cameron, si Cassi y Bobonett piensan que estás delicado todavía ¿qué será lo que están tramando?

Cameron suspira.

—Está mañana hablé con Julián y están por sacar a Greta de la cárcel para que cuide de Zoe, parece que están preparando un informe médico en el que aseguran que no estoy en condiciones de tomar decisiones y quieren hacerse cargo de mis negocios, según Julián, el más interesado es Barnett, dice que está manejando a Cassi a su manera, ya están planeando irse a vivir a mi casa de Aspen y están seguros que el juez les dará el poder de representarme en todos mis negocios.

—No lo puedo creer, la gente por ambición es capaz de todo, me parece una excelente idea que se vayan a Aspen, allá estarán más protegidos y me vas a disculpar por lo que voy a decir, pero estoy segura de que Bobonett solo está con tu hermana por interés.

—Lo sé, pero ella parece muy enamorada.

Suspiro porque la entiendo perfectamente, en algún momento me sentí así, yo sé muy bien cómo puede ser Barnett cuando quiere quedar bien.

—Caperucita, deja de pensar, por lo que me dijo Julián parece que el juicio será dentro de unas semanas.

—Bueno, mientras tanto tendremos que estar preparados para enfrentarlos.

Cameron sonríe.

—No tienes una idea de la sorpresa que se van a llevar, Julián está preparándose muy bien.

Después de un rato mi madre y Héctor se van, yo preparo a Zoe para dormir, ha jugado tanto que no tarda en quedarse dormida, estoy acomodándola en su cama, cuando entra Cameron.

—Gracias por tratar a mi hija de la manera que lo haces.

—No tienes nada que agradecerme, yo la adoro.

 Sonríe, se acerca y le da un beso. Después nos vamos a nuestra habitación.

—Loren, ¿no te molesta si posponemos lo del festejo de nuestro matrimonio?, me gustaría que primero pasara el juicio.

—No, amor, de ninguna manera, la verdad yo tampoco estaría cómoda festejando mientras están planeando destruirnos.

Nos acomodamos en la cama, por fin puedo dormir feliz y contenta de nuevo en los brazos de Cameron.

Por la mañana me despierto con Cameron llenándome de besos.

—Despierta dormilona, que ya es hora de irnos a nuestra casa.

—¿Estás seguro de que estaremos mejor allá?

—Por supuesto, hablé con Scott y tiene todo listo para que salgamos esta misma tarde.

—Cameron, tengo miedo de que intenten hacerte algo.

—No te preocupes, me están buscando en los hospitales, no creen que estoy bien, así que no pasará nada, además Scott preparó todo para que no nos sigan.

De pronto entra Zoe a la habitación y salta encima de nosotros.

—Loren, tengo hambre, ¿podemos preparar waffles?

Le doy un enorme beso y le sonrío.

—Claro princesa.

Entro al baño para adecentarme un poco y salgo a preparar unos deliciosos waffles, estamos por terminar de desayunar cuando suena el teléfono de Cameron.

Se levanta de prisa y toma a Zoe de la mano mientras sigue hablando, yo no entiendo qué intenta decirme, cuando tocan la puerta, me hace señas para que abra.

—Son Greta y Barnett —sisea y se meten a la habitación de Zoe rápidamente, yo respiro profundo y abro la puerta.

Greta está muy guapa y risueña, Barnett sonríe con cinismo, a mí se me revuelve el estómago de verlos así después de todo lo que hicieron.

Y pensar que alguna vez me gustó esa sonrisa, no puedo creer lo idiotas que somos algunas veces, cuando nos enamoramos.

Intentan entrar, pero me atravieso en la puerta y no se los permito.

—Vengo a recoger a Zoe—dice Greta muy segura.

—No está conmigo, además Cameron tiene la custodia.

Barnett me interrumpe.

—Sí, pero ya que él está moribundo la niña tiene que regresar con su madre.

—Lo siento, pero ya te dije que no está conmigo.

Ella sonríe y voltea a ver a Barnett, él intenta empujar la puerta para entrar, justo en ese momento aparece Scott y se pone a su lado.

—Señora Parker, ¿está todo bien?

Barnett y Greta lo ven sorprendidos.

—Ella no es la señora Parker, sólo es o era la prometida de Cameron —afirma Barnett mientras lo ve molesto —. Además ¿quién es usted y qué rayos hace aquí?

Scott hace una mueca que parece una sonrisa, pero no estoy segura de que lo sea.

—Soy el guardaespaldas de la señora Parker y me veo en la obligación de acompañarlos a la salida, ya que no parece que hayan sido invitados.

Se acerca a ellos y Greta avanza hacia el elevador un poco asustada mientras Barnett no deja de observarme con odio.

—Vamos a encontrar a Cameron dónde sea que lo escondas, vamos a demostrar que está moribundo y te vas a quedar en la calle, sin trabajo y sin dinero, entonces vendrás rogándome que vuelva contigo.

—Sigue soñando, Barnett, prefiero mil veces morirme de hambre a volver contigo.

—No te das cuenta ¿verdad?, ya perdiste todo, hasta este departamento, tenemos todo a nuestro favor.

Barnett intenta regresarse, Scott con su enorme cuerpo se para frente a él y lo hace retroceder al elevador.

—No olvides lo que te estoy diciendo Loren, te vas a acordar de mí muy pronto.

Por fin se van y Scott entra al apartamento, Cameron sale de la habitación ya vestido y trae a Zoe lista también.

—Señor Parker, es mejor que nos vayamos ahora, me gustaría que la señora Parker salga por la puerta principal, su chofer tiene instrucciones de lo que debe hacer, usted y la niña saldrán con nosotros por el sótano.

—Esto es una locura Cameron.

—Lo sé, cariño, pero es lo mejor, los vamos a tomar por sorpresa cuando me vean bien.

—Yo creo que sospechan algo, ¿cómo Julián está haciendo todo para representarte si supuestamente tú estás inconsciente?

—En realidad creen que eres tú, por eso están tan seguros de ganar el caso.

—No lo puedo creer.

—No te preocupes Caperucita, ya verás que todo esto se arreglará muy pronto.

Me despido de ellos, toman las maletas y se van acompañados por Scott, sin darle más vueltas a todo me doy una ducha para prepararme, me pongo ropa cómoda y me arreglo un poco. Salgo a la calle y el chofer me está esperando, me subo a la camioneta y me sorprendo cuando Cassi se sube rápidamente por el otro lado.

—¿Qué quieres Cassandra?

El chofer intenta sacarla y ella se resiste.

—¿Te crees muy lista disfrutando de la fortuna de mi hermano?, no tienes porqué tomar decisiones que no te corresponden ¿dónde está Cameron?

—Está bien atendido, por eso no te preocupes.

—No tienes derecho a tenerlo escondido, ya tengo una clínica especializada para internarlo y que tenga el mejor servicio.

—Mira Cassandra, yo soy la esposa de Cameron, así que es mejor que te vayas porque tengo todo el derecho de hacer lo que me dé la gana.

—Yo sabía que eras una interesada, bien me lo dijo Barnett, pero nunca pensé que fueras tan idiota de falsificar una acta de matrimonio, te vamos a dejar en la calle.

—Estoy escuchando las mismas palabras de Barnett, solo que él quería que volviera a su lado para disfrutar de todo juntos.

—Eso no es verdad, Barnett no es capaz de engañarme, está enamorado de mí.

No puedo evitar una enorme carcajada.

—Me recuerdas tanto a mí cuando creía que era feliz, no tienes idea de cómo es Barnett, puede hacerte creer que te ama y al mismo tiempo te sacará todos tus defectos, hasta que un día te parezcan normales todos sus insultos.

—Lo dices porque aún sientes algo por él.

—No Cassandra, no siento nada por él, yo amo a tu hermano y no voy a permitir que le hagan daño. No sé si tú estabas de acuerdo o no, pero fue Barnett el que le inyectó a Cameron la droga.

Ella se sorprende, pero disimula.

—No es verdad, fue Greta, ella me lo dijo.

—No cabe duda de que tú estás más ciega de lo que alguna vez estuve yo, ahora si me disculpas, tengo que irme.

—Te lo pediré por última vez, dime dónde está Cameron y te prometo que no te voy a denunciar por lo que estás haciendo.

—No tengo nada que decirte.

—Está bien, haremos todo legalmente, te voy a meter a la cárcel por retener a Zoe y por tener escondido a Cameron.

—Perfecto, avísame cuando me vayan a detener.

Se baja dando un portazo, empiezo a sentirme un poco mal y Rick el chofer de inmediato lo nota.

—¿Señora, se encuentra bien?

—No, lléveme a casa de mi madre por favor.

—Sí, voy a llamar al señor Parker.

Asiento y me concentro en respirar, me está costando mucho trabajo. Cuando llegamos a casa de mi madre, ella y Héctor corren a ayudarme a bajar, Héctor y Rick me llevan a mi habitación, me ponen en la cama, en poco tiempo llega la misma doctora que me revisó cuando estuve con Cameron y me pone una inyección.

Rápidamente empiezo a respirar con normalidad y poco a poco me quedo dormida.

Despierto y me siento un poco mareada, mi madre se acerca a mí.

—Hija, ¿cómo te sientes?

—Mareada, mamá.

—Todo lo que está pasando te tiene mal, hija, tuviste una crisis muy fuerte.

—Lo sé, mamá, no pude controlarme.

—La doctora te dejó un medicamento y dijo que si te pasa más seguido vayas a verla.

—¿Cameron se fue?

—Sí, hija, quería venir, pero Héctor lo convenció de que se fueran a Aspen y le dijo que en cuanto te sientas mejor, te irás tú también.

—Sí, es lo mejor.

—Eso sí, mandó a un hombre que tiene cara de asesino a cuidarte.

—No, mamá, Scott no tiene cara de asesino, tal vez sea por su trabajo que es serio.

—Sí, hija, pero la verdad es que sí impone un poco, tan alto y con tanto músculo da un poco de miedo.

Sonrío.

—Estás cansada, ¿verdad hija?

—Sí, mamá.

—¿Por qué no llamas a Cameron para que puedas seguir durmiendo?

Me entrega mi teléfono y le marco, ni siquiera termina de timbrar cuando Cameron me contesta.

—Caperucita, dime que estás bien.

—Sí, amor, estoy bien, solo un poco cansada.

—Fue Cassi la que te provocó la crisis, ¿verdad?

—No, yo creo que es todo lo que está pasando, es demasiado, mis nervios me traicionaron.

—Perdóname, Loren, todo es culpa mía, quisiera estar ahí contigo.

—No te preocupes, estoy bien, en cuanto me sienta mejor los alcanzo.

—No tardes mucho, recuerda que no puedo dormir si no estás como una lapa pegada a mí.

—Te amo.

—Y yo a ti.

Cuelgo y me quedo dormida de nuevo, no sé cuánto tiempo ha pasado cuando despierto, pero me siento mucho mejor, me doy una ducha y voy a la cocina al seguir un delicioso aroma. Héctor está muy entretenido cocinando y mi madre no deja de hablar, al verme me sonríe.

—Hija, te ves mucho mejor.

—Me siento mejor, mamá. Gracias.

Héctor se acerca y toma mi mano.

—Loren, tienes que tomar las cosas con calma, Julián y Cameron arreglarán todo, necesitas estar tranquila.

—Sí, Héctor, tienes razón.

Mi mamá voltea a verlo y le hace una seña.

—¿Qué pasa, por qué se hacen señas? ¿qué me están ocultando?

Mi madre suspira.

—Hija, Bobonett ha estado afuera todo el día, Scott llamó a la policía y lo obligaron a irse, pero después te estuvo llamando a tu celular.

—No entiendo qué le pasa a Barnett.

—Pues muy sencillo, se dio cuenta de la gran mujer que perdió y ahora quiere recuperarte.

—Está completamente loco, yo jamás volvería con él y menos sabiendo que su intención era matar a Cameron.

—Hija, me gustaría que cambiaras de teléfono.

—Tienes razón, esta misma tarde compraré otro nuevo.

—¿Cuándo piensas viajar a Aspen?

—No sé, mamá, pero lo hablaré con Scott a ver qué me recomienda él, aunque estoy segura de que sabrán dónde estoy.

—Sí, pero por lo que me dijo Cameron su casa está muy bien protegida, además con la seguridad que tiene es muy difícil que alguien pueda entrar.

—Bueno, ¿podemos comer?, estoy hambrienta.

Ellos sonríen y empezamos a comer, como siempre la comida está deliciosa, al terminar salgo a hablar con Scott.

—¿Señora Parker, se encuentra mejor?

—Sí, Scott, gracias. ¿Cuándo cree conveniente que viaje a Aspen?

—Si le parece bien, esta noche, el Jet del señor Parker ya está listo.

—Perfecto, también quería comentarle que necesito cambiar mi teléfono, Barnett no deja de llamarme.

—Si gusta darme su teléfono y yo puedo encargarme de eso, yo seré su chofer de ahora en adelante, es mejor estar prevenidos.

—Está bien.

Le entrego mi teléfono y entro a la casa, después de un rato regresa Scott con un teléfono nuevo.

—Señora Parker, aquí está su teléfono nuevo, ya tiene todos sus contactos.

—Gracias Scott.

Él asiente y se va, empiezo a revisar el teléfono y de inmediato le marco a Gina.

—¿Hola?

—Gina, soy yo, Loren. Tuve que cambiar de teléfono.

—Ay, amiga, ya me imagino cuál es la razón, Barnett no deja de molestar a Julián, incluso vino para que yo le dijera donde está Cameron, le dije que estaba planeando su luna de miel y se fue muy enojado.

—No me creen que estamos casados, piensan que falsifiqué el acta de matrimonio.

—Pues mejor así, sus planes se vendrán abajo muy pronto.

—Sí, tienes razón.

—Por cierto, la nueva oficina de Julián esta preciosa, no puedes imaginarte lo feliz que estamos por este gran cambio, que sin duda alguna, será muy beneficioso para nosotros.

—Me alegro mucho por ustedes, yo me voy esta noche a Aspen, no creo que regresemos hasta el juicio.

—Haces bien, aunque te voy a extrañar mucho.

—Yo también, pero nos estaremos llamando.

—Claro, amiga, cuídate mucho por favor, espero vernos pronto.

—Un beso a mis niños, adiós.

Colgamos y le marco a Cameron, se me hace muy raro que no me contesta, aunque tal vez esté ocupado con Zoe, me siento a platicar con mi mamá y con Héctor un rato, mientras se llega la hora de irme.

—Hija, extrañamos tanto a Zoe, es una niña tan linda y hermosa.

—Sí, mamá, yo también la extraño, tengo mucho miedo que Greta se la pueda quitar a Cameron.

—Ay no, hija, esa mujer está mal de la cabeza, no puedo creer todo lo que ha hecho, no es una buena influencia para la niña.

—Ojalá el juez piense lo mismo.

Me quedo dormida mientras vemos una película y mi madre me despierta.

—Hija, Scott te espera, dice que ya pueden irse.

Voy al baño y me arreglo un poco, cuando estoy lista me despido de mi madre, de Héctor y me voy.

Llegamos al aeropuerto y Scott me abre la puerta.

—Señora, yo viajaré por la mañana, ya está todo listo para su viaje.

Me da un poco de desconfianza viajar sola, pero confío en que sabe lo que hace.

—Está bien, gracias, Scott.

Me subo al Jet y me pongo nerviosa porque la cabina del piloto está cerrada, me acomodo en los primeros asientos y me pongo el cinturón, a los pocos minutos despegamos y empiezo a calmarme cuando de pronto se para a mi lado Cameron.

Al verlo me desabrocho el cinturón y me arrojo a sus brazos.

—Vaya, sí tenías ganas de verme, Caperucita.

—¿Qué haces aquí?

—No podía permitir que viajaras sola.

Lo lleno de besos y él sonríe.

—¿Y Zoe?

—Preferí que se quedara en casa.

Me toma de la mano y me lleva a una pequeña habitación que tiene el Jet.

—Vaya, la otra vez no me di cuenta de que había una habitación.

—Porque viajaste calmando los nervios de Zoe.

—Sí, es cierto.

Comienza a besarme y a quitarme la ropa, yo lo detengo.

—¿Estás seguro de que nadie entrará?

—Claro, tú no te preocupes.

Le quito la ropa desesperada por sentirlo, de inmediato paso mis manos por sus músculos, él no deja de besarme, cuando por fin me toma entre sus brazos mi cuerpo se estremece por completo.

—No hay nada como disfrutar de nuestro amor entre las nubes, Caperucita.

—¿Así que te gustan las emociones fuertes?

—Sólo contigo.

—No se me olvida cuando hicimos el amor en el baño del avión y te mordí el labio, estaba tan nerviosa, pero lo disfruté mucho.

—A mí no se me olvida ninguna de las veces que te he hecho el amor, aunque me gustaría atarte de nuevo.

—No sé, tendría que pensarlo.

—Estoy seguro de que puedo convencerte.

Seguimos disfrutando uno del otro durante el viaje, estamos vistiéndonos cuando nos avisan que vamos a aterrizar.

—Justo a tiempo —me dice Cameron mientras vuelve a besarme.

Llegamos a Aspen muy tarde y la seguridad nos está esperando para llevarnos a la casa, al llegar Cameron me toma en los brazos para entrar.

—Es nuestra primera vez en casa ahora que somos marido y mujer, así que hay que seguir las tradiciones.

Entramos, me lleva directamente a la habitación y me acomoda con cuidado en la cama.

—¿Esta también es una tradición?

—¿Cuál?

—Que me acomodes en la cama.

—Claro que sí, también es tradición que te quites la ropa poco a poco y dejes a tu marido disfrutar de tu hermoso cuerpo por el resto de la noche.

—Muy bien, marido mío, entonces permítame un momentito para seguir con las tradiciones.

Tomo una de mis maletas, entro al baño, me doy una ducha rápida y me pongo mi vestido de novia. Cuando salgo, Cameron está sentado en un pequeño sillón disfrutando de la hermosa vista de las montañas.

Me escucha salir y se da la vuelta, su cara es de asombro, con un poco de lujuria.

—Esta tradición me encanta —dice poniéndose de pie, me toma de la mano y me acerca a él, empezamos a bailar lentamente mientras nos besamos.

—Nuestro primer baile de casados.

Me da varias vueltas y me deja de espaldas, mientras, seguimos moviéndonos despacio.

—No sabes cómo soñé el día de nuestra boda con quitarte este vestido.

Lo desabrocha poco a poco mientras va dándome besos en cada parte que va dejando descubierta, cuando me tiene completamente desnuda me lleva a la cama, se quita la ropa y nos entregamos lentamente con todo el amor que sentimos.

—Te prometo que haré todo lo posible para que seas muy feliz a mi lado.

—Lo sé, porque ya soy feliz y no sabes cuánto, por fin la vida me ha recompensado y lo ha hecho de una manera maravillosa.

—Y lo seguirá haciendo.

Nos besamos. Después de varias horas apasionadas que nos dejan felices y exhaustos, nos quedamos dormidos.

Capítulo 10

Me despierto muy tarde y Cameron ya no está en la habitación, me doy un baño y recojo mi cabello, al bajar las escaleras escucho las risas de Cameron y Zoe.

En cuanto Zoe me ve, corre a abrazarme.

—Loren, que bueno que llegaste, mi papi y yo te extrañamos mucho.

La levanto en los brazos y la lleno de besos, mientras ella sonríe.

—¿Y a mí no me llenarás de besos como a Zoe?, yo también te extrañé.

—Sí, Loren, mi papi también te extraño.

Siento a Zoe en la silla en la que estaba desayunando y me acerco a Cameron que me está haciendo pucheros.

—No estoy segura si te merezcas tantos besos como Zoe.

Se acerca y me da un beso.

—Por la cara de felicidad que traes creo que merezco más.

Le doy un golpe en el hombro y sonríe, nos ponemos a desayunar mientras conversamos de todo un poco.

—Y, por cierto, ¿dónde está Nina?

—Bueno, le pedimos la cocina prestada por este día, así que está con Ted en su cabaña.

—¿Y ustedes piensan limpiar todo el desorden que hicieron?

Zoe sonríe y voltea a ver a Cameron.

—Pensamos que, si nosotros cocinábamos, tú podrías limpiar.

—Bueno, está bien, me parece un trato justo porque el desayuno estaba delicioso.

—Papi, ¿podemos ir a nadar?

—Sí, pequeña, ve a ponerte tu traje de baño mientras yo ayudo a Loren a limpiar la cocina.

Zoe corre a su habitación muy contenta.

—Ve con ella, yo puedo limpiar todo.

Mientras estoy lavando los trastes, me abraza por la espalda.

—Me gustaría que vengas a la piscina con nosotros.

—En cuanto termine los alcanzo.

Me da un beso y se va, termino de limpiar la cocina y voy a la habitación a ponerme el traje de baño, abro el cajón de mi ropa interior y me encuentro un camisón muy sexy, color blanco, es de una marca muy exclusiva, lo estoy revisando y me doy cuenta de que huele a perfume de mujer, más específicamente el que usa Greta.

No quiero pensar mal, pero ¿qué hace este camisón justo en mi cajón?, además se ve que lo usó, huele demasiado a perfume como para pensar que está limpio.

Trato de controlarme, pero los celos me traicionan, ¿y si la noche que vino a buscar a Cameron lo traía puesto y lo sedujo?, estoy segura de que estuvieron en la habitación o ¿cómo se puede explicar que esté aquí?, nunca he sido una mujer celosa, pero en esta ocasión siento como un remolino en mi cabeza, que en cualquier momento va a explotar, me pongo mis tenis, tomo un suéter del closet y me salgo a caminar, necesito calmarme, Scott en cuanto me ve en la puerta se acerca a mí.

—¿Sucede algo, señora Parker?

—No, Scott, solo necesito un poco de aire.

—¿El señor Parker lo sabe?

—No.

Empiezo a caminar y Scott me sigue.

—Scott.

—Discúlpeme, señora, pero no puedo dejarla sola y menos por esta área tan solitaria.

—Está bien.

Seguimos caminando y ya bastante alejados de la casa hay un pequeño parque, me siento en una banca y me quedo sumida en mis pensamientos, hasta que suena el teléfono de Scott que no está muy lejos, se pone de pie y camina hacia mí.

—Señora, es el señor Parker, quiere hablar con usted —dice entregándome su teléfono.

Tomo el teléfono molesta.

—Caperucita, ¿qué pasa, por qué no nos alcanzaste en la piscina?

—Cameron, no quiero hablar ahora.

—Loren, ¿qué sucede? Me estás poniendo nervioso.

—Ya te lo dije, necesito calmarme.

—Pero ¿calmarte de qué?, no entiendo nada, ¿puedes hacer el favor de explicarme lo que está pasando?

—Lo haré cuando regrese a la casa, ahora necesito estar sola.

Le doy el teléfono a Scott quien me ve un poco asombrado, pasamos la mayor parte de la tarde en el parque y yo sigo aquí sentada pensando si hice bien en meterme en una nueva relación cuando por fin era libre, Scott me saca de mis pensamientos.

—Señora, no quiero molestarla, pero se está haciendo tarde y es mejor que volvamos a la casa.

Asiento porque sé que tiene razón, me pongo de pie para empezar a caminar hacia la casa, en cuanto entro, está Cameron esperándome, se acerca a mí y al ver mi cara se detiene.

—¿Me puedes explicar que sucede, por qué te saliste sin avisarme? Resulta que no quieres hablar conmigo y no tengo idea de lo que pude haber hecho.

Camino a la habitación sin contestarle nada y él me sigue, en cuanto entramos agarro el camisón y se lo aviento.

—¿Puedes explicarme qué hace este camisón en el cajón de mi ropa? ¿No se supone que Greta no entro y la llevaste a dormir a un hotel?

—Loren, yo...

—¿Qué me vas a decir? ¿Que se quedó dormida en esta cama y te dio lástima llevarla a un hotel?

—Estaba muy borracha y no te lo dije porque no quería que desconfiaras de mí.

—Pues hubiera preferido que me dijeras la verdad, te aseguro que lo hubiera entendido, Cameron, no soy tonta, créeme.

—Jamás he pensado que eres tonta.

Empieza a caminar para acercarse a mí y yo doy un paso para atrás.

—No, Cameron, en este momento no te quiero cerca de mí.

—Loren, tienes que entenderme ¿cómo te iba a decir que la encontré en mi habitación en paños menores y tratando de seducirme?

—Pues así, como me lo estás diciendo ahora, creo que lo hubiera preferido mil veces a que me mintieras.

—Yo...

—¿Tienes alguna otra habitación que pueda usar?

—¿Estás hablando en serio?

—Claro, ¿o prefieres que duerma en la habitación de Zoe?

Se pone serio.

—Sí, tengo una habitación en la que te puedes quedar.

Tomo mi pijama, algunas cosas del baño y lo sigo, abre la puerta de una habitación un poco más pequeña que la nuestra, pero igual de hermosa, entro y cierro la puerta antes de que Cameron pueda decirme algo.

Me pongo la pijama y me acomodo en la cama, por más que lo intento no me puedo dormir, la siento tan fría, además no puedo dejar de pensar si hice mal casándome tan rápido con Cameron, sé que no tuvo nada que ver con Greta, lo que me duele es que me dijera mentiras, no sé, si podré volver a confiar en él, me quedo dormida muy tarde y no dejo de soñar con mi hermoso piloto.

Estos días casi no paso tiempo con Cameron y con Zoe, prefiero estar en la habitación. Como Zoe es pequeña, pregunta qué me sucede y yo le digo que estoy un poco enferma, el sábado me despierto muy temprano cuando escucho un tremendo alboroto que viene de abajo, me doy una ducha y cuando bajo me quedo sorprendida, están todos felices desayunado, Héctor, mi madre, Julián, Gina y los pequeños, que en cuanto me ven, corren a abrazarme.

—Madrina, qué bonita casa tienes, queremos bañarnos en la piscina.

—Vaya, que sorpresa tan agradable.

Empiezo a saludar a todos y mi madre está feliz.

—Hija, me dijo Cameron que has estado un poco indispuesta.

Volteo para ver a Cameron y aunque tiene una sonrisa en sus labios sus ojos se ven algo tristes.

—Nada importante, mamá, no te preocupes.

Gina me da un enorme abrazo.

—Amiga, esta casa parece como las que salen en las películas, tienes que llevarme a conocerla toda.

—Claro.

Me siento a desayunar con ellos y estoy feliz, no puedo creer que Cameron me diera esta sorpresa de traerlos a todos, terminamos de desayunar y todos están ansiosos por ir a la piscina, así que no perdemos más el tiempo.

Gina y yo estamos sentadas en la orilla mientras mi mamá y Héctor juegan con los pequeños en el agua, de pronto Gina suspira.

—No puede ser como la vida a veces es tan cruel.

—¿De qué hablas?

Me hace señas para que voltee a ver lo que la tiene suspirando, al voltear vienen caminando Cameron y Julián, los dos tienen puesto solo un short y no traen playera.

—Mira nada más mi pobre Julián, se ve tan delgadito al lado de Cameron, no debería de humillarlo de esa manera.

No me puedo aguantar y suelto una enorme carcajada que hace que todos volteen a verme.

—Ay, Gina, cómo eres, pobre Julián.

—¿Qué te digo?, amiga, yo lo amo y todo pero no soy ciega, con razón tienes esa carita de felicidad, mira nada más lo que te estás comiendo todas las noches.

—Y las mañanas y las tardes.

—Y todavía me lo presumes, debería de ser pecado tener ese cuerpo.

—Bueno, pues cómo yo me lo como, me confieso pecadora.

—Que mala eres, pero sí deberían excomulgarte.

Seguimos riéndonos y entramos al agua a jugar con los pequeños, al rato se nos unen Julián y Cameron, pasamos un maravilloso día, los niños terminan tan agotados que se van a dormir temprano, Cameron prepara una fogata y todos nos sentamos a disfrutar de la noche mientras nos tomamos unas cervezas, él aprovecha cada momento para acercarse a mí y decirme cuánto me ama.

—Bueno, hija, nosotros nos despedimos, nos vamos a descansar, creo que quedamos más agotados que los niños, ustedes sigan disfrutando de la velada.

Gina se acerca a mí, mientras los chicos están platicando.

—¿Por qué noto un ambiente algo extraño, acaso hay problemas en el paraíso?

—¿Por qué lo dices?

—No te hagas, amiga, que, si alguien te conoce mejor que tu madre, esa soy yo, así que desembucha.

Volteo para ver a Cameron y aunque está platicando con Julián no deja de verme.

—Bueno, pues resulta que me enteré de que Cameron me dijo una mentira.

—¿Qué clase de mentira?

—Cuando Greta vino, dijo que la había llevado a un hotel y hace unos días me di cuenta de que no fue así, que trató de seducirlo en la que ahora es nuestra habitación y él no me lo contó.

—¿Cómo te enteraste?

—Encontré el camisón de Greta en mi cajón y lo reconocí por su perfume, lo que quiere decir que lo usó.

—¿Te dio alguna explicación? Espera no me contestes, déjame traer otra cerveza que esto lo amerita, también yo me siento enojada.

Se pone de pie y regresa con las cervezas, le doy un trago a mi cerveza antes de seguir platicando.

—Sí, que no me lo dijo, para que no fuera a pensar mal de él.

—Bueno, amiga, entiendo tu molestia y no está mal que le des una lección, pero no lo hagas sufrir mucho, mira que te ve con unos ojos de perrito moribundo.

Suelto una carcajada.

—Ay, Gina.

—¿Qué? Es verdad, casi lloro cuando lo veo cómo te observa. Pero ya hablando en serio, tal vez si cometió un error, pero a Barnett le perdonaste cosas peores, realmente no entiendo porqué lo estás tomando tan mal.

Suspiro.

—Tal vez por eso, no quiero volver a pasar por lo mismo.

—Cameron no es Barnett, ni siquiera se parece un poco, así que piénsalo bien, creo que le quedó más que claro que no debe de mentirte.

—Estoy pensando que tal vez cometí un error al casarme tan pronto, tal vez irme sería lo mejor.

Gina me hace señas y cuando volteo Cameron está detrás de mí, al escucharme decir eso se pone pálido.

Julián toma a Gina de la mano.

—Bueno, nosotros nos vamos a descansar, nos vemos mañana.

Se despiden y en cuanto se alejan Cameron se sienta a mi lado.

—¿De verdad crees que cometiste un error al casarte conmigo?

—Tal vez me precipité.

—Loren, yo te amo, pero no voy a obligarte a nada, si crees que esto es un error, eres libre de irte; sé que hice mal y que debí ser sincero contigo, pero a pesar de todo yo jamás he visto nuestro matrimonio como un error.

Se pone de pie y se va, yo me quedo tomándome mi cerveza, ya bastante tarde me voy a dormir, me voy a la habitación en la que he estado durmiendo y me pongo la pijama, definitivamente creo que me voy a ir a mi departamento, necesito pensar qué es lo que está pasando conmigo.

Por la mañana entra Zoe a despertarme muy contenta.

—Vamos, Loren, despierta, mi abuela está preparando el desayuno y Nina está haciendo galletas.

La abrazo y la lleno de besos como a ella le gusta.

—Está bien, princesa, me doy una ducha y bajo.

Ella sale corriendo y yo me doy una ducha rápida, salgo sólo con la toalla porque con las prisas no me llevé mi ropa al baño, estoy escogiendo lo que me voy a poner, cuando siento la mirada de Cameron, me doy la vuelta y está parado en la puerta.

—Disculpa, no quería asustarte, estoy buscando a Zoe.

—Se fue hace un momento.

Se acerca a mí sin dejar de observarme y pone sus manos a los lados.

—¿De verdad piensas dejarme?

—Cameron, yo...

Me besa y puedo sentir su miedo a que me vaya por la desesperación de sus besos.

—No puedo imaginar mi vida sin ti.

Se da la vuelta y cuando pienso que se va a ir cierra la puerta con el seguro y se regresa, me quita rápidamente la toalla, se desabrocha el pantalón y en un momento lo siento en mi interior.

—¿Estás segura qué quieres perder esto que tenemos?

Mientras me habla sigue moviéndose sin piedad, mi cuerpo como siempre reacciona a él y tiembla de deseo.

—Cometí un error, pero te prometo que lo voy a compensar.

Se queda un momento quieto y yo comienzo a besarlo desesperada, de pronto, hace un movimiento y alcanzamos juntos un placer maravilloso.

—Vamos, Loren, dime ¿qué tengo que hacer para que me perdones?

Empieza a moverse de nuevo y parece que mi cuerpo le pertenece porque de nuevo, reacciona de inmediato a sus caricias, me lleva a la cama, se acomoda de manera que yo quede sobre él, me besa, no deja de acariciarme, empiezo a moverme primero muy lento, después más rápida y ansiosamente.

—Si me dejas, no quiero borrar esta imagen de mi memoria.

Lo beso y en un momento llegamos juntos de nuevo a un maravilloso e intenso orgasmo.

Me recuesto en su pecho y me quedo escuchando el latido de su corazón.

Él me tiene abrazada con fuerza.

—No te vayas, Loren, vamos a intentarlo, te juro que no volveré a ocultarte nada, yo jamás podría engañarte, te amo más que a mi vida.

Mis ojos se llenan de lágrimas y empiezo a llorar.

—No llores, Caperucita, lo menos que quiero es verte sufrir y si para eso tienes que abandonarme lo aceptaré.

—No me voy a ir, Cameron, pero prométeme que no volverás a ocultarme nada, no quiero volver a desconfiar de ti.

Me besa la frente y me abraza.

—Te lo prometo, créeme que no lo hice con mala intención, solo no quería hacerte pasar un mal rato, además no durmió en nuestra habitación, de hecho, durmió aquí.

Tomo su cara entre mis manos y lo beso.

—Caperucita, yo no quisiera que saliéramos nunca de esta cama, pero acabo de recordar que tenemos visitas y nos esperan para desayunar.

Suspiro y me levanto sin muchas ganas.

—Creo que me daré una ducha de nuevo, para recuperar fuerzas.

—Yo también necesito recuperar fuerzas.

—¡Oh, no! si tú te metes conmigo, saldré peor, así que ahorita te alcanzo en la cocina.

Voy a entrar al baño y me regresa para besarme.

—No vuelvas a pensar en abandonarme, no podría soportarlo.

—Cameron, tienes que entender, yo vengo de una relación en la que hubo engaños y mentiras, sé que no es igual, pero si queremos que esto funcione, no quiero más mentiras.

—Tienes razón, te prometo que no volverá a suceder.

Lo abrazo y le doy un beso.

—Gracias por traer a mi familia, fue un detalle estupendo.

—Te veía tan triste, que lo único que pensaba era en verte sonreír de nuevo.

—Te advertí que había días en los que sería un completo zombi.

—Y ¿qué tiene?, así te amo zombi, pero a mi lado, no en otra habitación.

—Bueno, vamos a darnos prisa o llegaremos para la cena en lugar del desayuno.

Me meto al baño y me preparo lo más rápido que puedo, al bajar ya están todos terminando de desayunar, Gina me ve y sonríe.

—Se te pegaron las cobijas o ¿qué te paso, amiga?

—Algo así.

Me acerco a darle un abrazo y me dice muy despacio para que nadie la escuche.

—Por la cara de felicidad que tienes, tuviste una noche movidita.

—No, en realidad fue una mañana bastante movidita.

Ella suelta una carcajada y Julián voltea a verla.

—Cariño, no me gustaría saber de qué tanto hablan ustedes.

—Solo hablamos de la felicidad que dan las cosas enormes en la vida.

Ahora yo suelto una carcajada y Cameron me sonríe, me siento a desayunar y decidimos salir a dar una vuelta para que los niños conozcan un poco.

Estamos ayudando a Nina a recoger la cocina cuando suena mi teléfono, es un número desconocido.

—Hola.

—¿Loren, se puede saber por qué cambiaste tu número de teléfono? No podía localizarte.

—¿Barnett?

—Claro, ¿quién más podría ser?, no me vayas a colgar, necesito decirte algo importante.

Julián y Cameron se acercan y yo pongo el altavoz para que ellos puedan escuchar.

—Cassi consiguió tu acta de matrimonio, como Cameron no está del todo bien ella quiere anular tu matrimonio.

—¿Qué?

—Yo quiero proponerte algo.

—¿Qué cosa, Barnett?

—¿Por qué no nos quedamos juntos con todo lo de Cameron? Yo te apoyaría diciendo que tu matrimonio se efectuó cuando Cameron estaba consciente, así nos quedamos con todo mucho más fácil.

—Barnett, yo...

—Piénsalo, Loren. Cuando tengas una respuesta, llámame, sé que he cometido muchos errores pero juntos podemos solucionarlos, yo sé que tú aún me amas, es imposible que olvidaras tantos años que estuvimos juntos en solo unos meses.

Cameron se pone rojo del coraje y Julián le hace señas para que se mantenga callado.

—Esperaré tu llamada.

Cuelga y suspiro.

—No creo que sea una buena idea salir, podemos encontrarnos con alguien que vaya y le diga a Cassi que Cameron está completamente sano—dice Julián preocupado.

Los pequeños se ponen un poco tristes, pero mi madre los anima a jugar en la piscina, se van emocionados, Gina se acerca a nosotros y nos sentamos en la sala.

—Julián, ¿tú y Barnett son hermanos de sangre?

Julián la ve sorprendido por la pregunta.

—Claro, cariño ¿por qué me preguntas eso?

—Porque son completamente diferentes, tú eres un ángel y él es el mismísimo demonio en persona.

Julián se acerca y la besa.

—Gracias, cariño, por lo de ángel, pero no es que sea malo, es que siempre ha sido muy ambicioso, le gusta vivir bien y por hacerlo no le importa a quién tiene que llevarse en el camino.

—Eso lo sé yo más que nadie, ¿oye Julián no crees que tengamos problemas en el juicio?

—No, Loren, tengo el caso muy bien preparado, así que no me preocupan en absoluto las pruebas que ellos tengan.

Cameron me abraza y me da un beso en la frente.

—La mejor prueba es que yo mismo voy a declarar en contra de Greta, espero que eso sea suficiente para tener la custodia completa de Zoe.

—Yo también lo espero, cariño.

—No se preocupen por eso, estoy seguro de que vamos a ganar el caso, pero hay algo que tengo que decirles y tal vez no les vaya a gustar.

—¿Qué es Julián? —pregunta Cameron nervioso.

—Cassi está tratando de obtener una orden de arresto en contra de Loren.

Cameron se pone de pie molesto.

—Pero eso no puede ser, ¿por qué quiere meter a la cárcel a Loren?

Gina pone los ojos en blanco.

—Pues es obvio Cameron, la quiere lejos de Barnett y no quiere que pelee por tu fortuna, ella quiere quedarse con todo porque es una perra ambiciosa.

Julián sonríe.

—Bueno, eso mismo iba a decir yo, sin lo de perra.

—Entonces, ¿es probable que me detengan el primer día del juicio?

—Sí, Loren, es muy probable.

—No, Julián, eso sí que no lo voy a permitir, iré al juicio el primer día.

—No, Cameron, necesito que ella muestre sus pruebas antes de que vayas tú, para así poder acusarla de fraude y de ser cómplice de Greta.

—A mi hermana se le va a terminar su carrera.

—Y a Barnett también.

—Y ni hablar de Greta, que si Zoe se queda conmigo no le volveré a dar dinero, pero Julián tenemos que hacer algo para que no detengan a Loren.

—Ya estoy trabajando en eso, Cameron.

Gina suspira.

—Podemos disfrutar de lo que nos queda del día, recuerden que esta noche regresamos a Denver y no quiero seguir perdiendo el tiempo con esos idiotas.

Me pongo de pie y tomo a Gina de la mano.

—Tienes razón, vamos a prepararnos para alcanzar a los niños en la piscina.

Nos ponemos nuestros trajes de baño y vamos a jugar con los pequeños, Julián y Cameron se unen a nosotros después de un rato, Cameron de inmediato se acerca, me besa, yo le paso las manos por el cuello y lo abrazo.

—Bueno, tortolitos, el agua ya está lo suficientemente caliente, no necesitamos aumentar más la temperatura, hagan el favor de dejar de toquetearse que hay niños observándolos.

Sonreímos y volteamos a ver a los niños que están entretenidos con mi madre y con Héctor.

—Gina, yo no veo a los niños observándonos.

—No, Cameron, si no me refería a ellos, me refería a Julián y a mí.

Cameron suelta una carcajada, pasamos una tarde muy divertida, los chicos preparan comida en el asador mientras nosotras nos tomamos unas bebidas refrescantes, mi madre me toma de la mano y me aleja un poco.

—Hija, no tengo que saber los detalles de todo lo que pasa en tu vida, pero quiero que sepas que Cameron te ama, no puede disimular todo el amor que siente por ti cuando te ve, sé que tendrán diferencias y que tú vienes de un matrimonio algo complicado, pero no permitas que cosas ajenas a ustedes los hagan pelear, desde que Cameron llegó a tu vida tus ojos se ven llenos de luz, no dejes que las dudas y los malos recuerdos los afecten, mereces ser feliz y estoy segura de que con Cameron lo eres.

Mis ojos se llenan de lágrimas porque mi madre tiene toda la razón, me levanto y le doy un abrazo, Cameron viene entrando, al verme llorar se acerca a mí y me abraza.

—¿Qué pasa, Caperucita?, ¿por qué lloras?

—Porque te amo y no quiero que volvamos a pelear por cosas tan insignificantes.

Me besa y Gina nos grita.

—¡Ustedes nada más están aprovechando cualquier momento para toquetearse!

Cameron le sonríe.

—Gina, tú puedes toquetear a tu marido cuando quieras, nada ni nadie te lo impide.

—Muy gracioso, vete a seguir cocinando y préstanos a tu mujer para seguir platicando que no va a pasar nada por unos minutos que no la toquetees.

—No estoy muy seguro de eso.

Sonríe y vuelve a besarme antes de salir, mi madre suspira.

—Definitivamente me cae muy bien Cameron.

Gina y yo sonreímos, cuando menos lo pensamos, llega la hora en que tienen que irse, estamos subiendo las cosas a la camioneta, cuando se acerca Scott.

—Señor Parker, su hermana está afuera y asegura que puede entrar porque trae una orden del juez.

Cameron empieza a caminar a la puerta y Julián lo detiene.

—Déjame reviso los papeles que trae, aún no salgas, si no podemos arreglarlo nosotros, entonces tú la enfrentas.

Julián y yo caminamos a la puerta y ahí está Cassandra, con un Barnett muy risueño en su coche que tanto quiere, cuando ve a Julián se sorprende un poco y se baja del coche rápidamente.

—Julián, ¿qué haces aquí con Loren y por qué están solos? No me digan que hay algo entre ustedes

Julián lo ve incrédulo.

—Por eso siempre la defendías, porque había algo entre ustedes ¿lo sabe Gina? No puedo creer que no me diera cuenta de que eras una cualquiera Loren.

Julián, que es muy tranquilo, se le deja ir a golpes a Barnett, Scott interviene y los separa de inmediato.

—Barnett, ¿cómo se te ocurre pensar esas estupideces? Yo siempre he respetado a Loren, es la mejor amiga de mi mujer, yo no soy como tú.

Barnett se limpia la sangre, mientras Cassandra se acerca a revisarlo.

—Dame los papeles que traes Cassandra, necesito revisarlos antes de darte las llaves de la casa.

Cassandra se pone un poco pálida.

—No los traje, no creí que fuera necesario, esta ahora es mi casa y no necesito demostrarte nada.

Julián sonríe.

—Como lo sospeché, no puedes tener ningún documento porque el juicio aún no se lleva a cabo, así que más vale que se larguen de una vez, no regresen, si siguen molestando y amenazando a Loren los voy a demandar también por eso.

Barnett antes de subirse al carro nos agarra desprevenidos cuando se acerca y me toma de la cintura acercándome a él.

—Nunca te voy a dejar en paz, siempre vas a ser mía.

Scott de inmediato me lo quita y lo empuja contra el coche, Barnett me sonríe y me muestra el reloj que le compré el día de nuestro aniversario.

—Gracias por mi regalo, Loren, no te imaginas lo mucho que me gusta.

Sonríe y se sube al coche, yo me quedo de pie sin moverme, Julián me habla, pero lo escucho muy lejos, cierro los ojos y aunque no me siento mal, estoy como en trance, es como si una parte de mi cuerpo se liberara por completo y me siento realmente agradecida de haber dejado a Barnett.

—Loren, por favor reacciona, me estás poniendo nervioso.

Abro los ojos y Cameron está frente a mí, me levanta en los brazos y me lleva para adentro de la casa.

—Caperucita, di algo por favor. Hay que llamar al doctor.

En ese momento reacciono.

—No, no es necesario, estoy bien.

—¿Estás segura?

—Sí, amor, estoy segura.

Cameron me abraza y me llena de besos.

—¿Qué fue lo que te pasó, por qué no nos contestabas?

—No sé, creo que me quede demasiado metida en mis pensamientos.

Veo a Julián, y Gina está limpiándole la sangre, me voy a poner de pie y Cameron no me deja.

—No, Caperucita, quiero que descanses, te voy a llevar a la habitación.

Ahora sí nos despedimos de todos, Julián no tiene gran cosa, solo un rasguño que le alcanzó a hacer Barnett, pero Gina está furiosa por todo lo que dijo de nosotros, cuando ya todos se fueron, Cameron se acerca y me abraza.

—Espero que esto termine pronto.

—Yo también.

Me levanta en los brazos y me lleva a mi habitación, me deja con cuidado en la cama, mientras él va a acostar a Zoe.

Capítulo 11

Han pasado algunas semanas del incidente de Barnett y Julián, la verdad que no puedo quejarme, Zoe y Cameron llenan mis días de alegría. He estado un poco triste ya que hace algunos meses que dejé las pastillas anticonceptivas y no logro quedar embarazada, me imagino que Barnett tenía razón y es cierto que no puedo tener hijos, Cameron dice que no me preocupe, que vamos a darle tiempo al tiempo.

Zoe tiene una tutora para que pueda recibir clases en lo que se arregla lo de la custodia, mientras ella está en sus clases, yo estoy haciendo un poco de ejercicio, porque si estoy cerca de ella se distrae y no pone atención.

—Conozco un ejercicio con el que perderías muchas calorías y quedarías muy satisfecha —dice Cameron mientras me observa con una enorme sonrisa.

—Ah, ¿sí? ¿Cuál será?

Cierra la puerta y se acerca, me toma de las manos y me pone contra la pared, trae algo en las manos, pero no logro ver qué es.

—¿Confías en mí?

—Pero Zoe puede entrar en cualquier momento.

—No, está en su clase y todavía le falta para terminar, además la puerta está cerrada ¿entonces?

Mi corazón late con fuerza sólo de imaginarme lo que va a pasar.

—Sí, confío en ti.

Me tapa los ojos y me ata las manos juntas.

—Cameron…

—Tranquila, Caperucita, no seas desesperada.

Empieza a quitarme la ropa, como estoy de pie siento que las piernas me tiemblan.

—Levanta las manos.

Obedezco y siento cómo se rompe mi blusa, trato de calmar mi respiración, pero es imposible teniendo a Cameron cerca, además, el que pase su lengua húmeda por mi piel no me ayuda a calmarme, siento como me raspa su barba por cada parte que pasa.

Estoy temblando, si sigue así, mis piernas no podrán sostenerme por mucho tiempo más, me sigue besando y me da pequeñas mordidas en los pezones.

Me toma de los glúteos, me acomoda para deslizarse dentro de mí, sigue besándome sin dejar de moverse, yo paso mis manos atadas por su cuello tratando de sostenerme, me quita la venda de los ojos y veo sus ojos llenos de pasión, lo beso ansiosa explorando su boca con mi lengua, no tarda mucho para que mi cuerpo reaccione a sus movimientos tan intensos y justo en ese momento siento un orgasmo que no podría describir, es como si mi alma abandonara mi cuerpo por un momento.

Le muerdo el labio y al poco tiempo, él obtiene lo que estaba buscando, los dos estamos sudando, tratando de respirar con normalidad, me baja con cuidado y nos sentamos en el suelo del gimnasio.

—Te lo dije, este ejercicio nos dejó más agotados que los que tú haces.

—Tienes razón, creo que de ahora en adelante voy a cambiar mi rutina.

Se acerca y me acomoda para quedar arriba de mí.

—¿Te parece si vamos por la segunda sesión?

No necesito decirle que sí, porque ya empezó con mi segunda y magnífica sesión de ejercicios, después de un rato salimos del gimnasio, nos damos una ducha para bajar a ver a Zoe, que por suerte apenas terminó con su clase, entramos a la cocina y en eso suena el teléfono de Cameron.

—Es Julián, voy a mi oficina.

—Sí.

Zoe guarda todas las cosas de su clase y después nos sentamos en la mesa acompañando a Nina mientras cocina.

—¿Quieren comer de una vez, Loren?

—Esperaremos a que Cameron vuelva, Nina.

Ella asiente y sigue cocinando, a los pocos minutos llega Cameron.

—Caperucita, el juicio empieza la próxima semana, Julián dice que tiene todo preparado y que no tenemos nada de qué preocuparnos.

Aunque quiero disimular mi preocupación, Cameron me conoce demasiado bien.

—Caperucita, por favor, toma las cosas con calma, ya verás que todo sale bien.

—Me preocupa lo que pueda pasar después, ¿qué tal y quieran vengarse de nosotros?, recuerda que se van a quedar sin su bufete.

—Lo sé, pero vamos a pedir una orden de restricción.

—No puedo explicar lo que siento, pero es como si tuviera un mal presentimiento de todo esto.

—No va a pasar nada, son los nervios que te hacen pensar mal.

—Sí, tienes razón.

—Puedo darte un entrenamiento intensivo para calmar tus nervios.

Sonrío y Zoe nos pregunta muy contenta.

—Papi, ¿qué es un entrenamiento intensivo?

Cameron sonríe.

—Es cuando haces mucho ejercicio, mi princesa.

—¿Yo puedo hacerlo?

No puedo evitar reírme al ver la cara de Cameron.

—No, mi princesa, esos ejercicios son feos para las niñas, nada más sirven para las personas mayores.

—No, papi, entonces no quiero hacer ejercicios feos.

—Sí, mi princesa, tú nunca vas a tener que hacer ejercicios feos.

Zoe se pone de pie y se va muy contenta a la habitación a jugar.

—¿Con qué ejercicios feos eh? —le pregunto coqueta.

—Oh, sí, horribles, mi niña nunca debe de pasar por ellos.

—Creo que los voy a evitar yo también.

Se acerca y me abraza.

—No lo creo, eres bastante buena para esas rutinas y jamás te impediría que las llevaras a cabo, al contrario, yo siempre estaré ahí para ayudarte a que sean más efectivas.

—Cuánta amabilidad de su parte, señor Parker.

—Sí, Caperucita, tú sabes que yo soy muy amable.

Me acerco y le paso las manos por el cuello.

—Tan amable como para ayudarme a preparar las maletas.

—Bueno, no tanto, pero puedo escoger tu ropa interior.

Pongo los ojos en blanco.

—Bueno, cualquier ayuda es buena.

Sonreímos y nos vamos a preparar las maletas para el viaje.

Cuando por fin terminamos y después de que Cameron metiera en la maleta el body que me regaló, bajamos a comer.

Unos días después, se llega la hora del viaje, estamos subiendo todo al avión para irnos a Denver, mañana es el juicio y tenemos que estar muy temprano ahí, en cuanto nos subimos Zoe se sienta a mi lado y de inmediato me toma de la mano; empiezo a acariciar su cabecita para que se duerma, se queda dormida a los pocos minutos, cuando ya despegamos me levanto para ir al baño, estoy saliendo y Cameron me está esperando en la puerta de la pequeña habitación.

—Caperucita, vi tus ojos lujuriosos al pasar por la habitación.

—Pero si yo ni siquiera voltee a ver la habitación.

—Oh, sí, hasta señas me hiciste, no te hagas, pero tienes que entender que mi hija está en el avión y yo no puedo caer en las tentaciones pecaminosas que me pones.

Suelto una carcajada, pero me tapo la boca para no despertar a Zoe, mi risa es un poco exagerada y pueden escucharla hasta el aeropuerto, está sentado en la cama, me acerco, lo empujo, me acomodo sobre él, comienzo a besarlo, cuando empieza a acariciarme y a besarme con más prisa me levanto rápidamente.

—Voy a respetar tus deseos, yo sería incapaz de hacerte caer en tentaciones pecaminosas.

Salgo de la pequeña habitación sonriendo y él me ve desconcertado.

—¿Es en serio? ¿Me vas a dejar así?

—Voy con Zoe, como tú mismo lo dijiste, puede despertar en cualquier momento.

—Esto lo vas a pagar, Loren Parker, ya lo verás —dice sonriendo mientras yo regreso a mi asiento, a los pocos minutos sale acomodándose su pantalón y yo no puedo aguantarme la risa.

—No le veo la gracia al hacerme sufrir de esta manera.

—Bueno tú empezaste, dijiste que te hago caer en las tentaciones pecaminosas.

—Esto no se va a quedar así, ya lo verás.

—Sí, ya lo veremos.

Sonreímos y nos vamos conversando lo que queda del viaje, al llegar a Denver, Scott tiene todo listo para que vayamos al apartamento, llegamos y me pongo a revisar qué tenemos para hacer de cena, Cameron levanta a Zoe en los brazos.

—¿Qué les parece si pedimos una pizza?

—Sí, papi, yo quiero pizza con mucho queso.

—¿Qué opinas, Caperucita? Se te antoja comer pizza.

—Sí.

—Podemos ver la película de Coco mientras comemos.

Coco es la caricatura favorita de Zoe, la he visto mil veces y aún sigo llorando en algunas escenas, llega la pizza, nos ponemos a disfrutar de la película, empiezo a llorar como siempre y Cameron me toma de la mano.

—Mi llorona, no puedo creer que cada vez que la vemos vuelvas a llorar.

Terminamos de comer y me pongo a recoger todo mientras Cameron lleva a Zoe a su habitación para que se duerma, aunque ya casi estaba dormida al final de la película, me doy un baño para dormir más cómoda y relajarme un poco, estoy lavando mi cabello cuando entra Cameron, me ayuda a enjuagarlo, me pega a la pared y comienza a besarme, yo como siempre empiezo a sentirme ansiosa por sentirlo, lo abrazo con fuerza para acercarlo a mí; de pronto se aleja, termina de bañarse y se sale.

—Te dije que me las pagarías, por hoy no me harás caer de ninguna manera.

Me quedo sin palabras y con una ganas enormes de que me haga el amor, así que una venganza ¿eh?, vamos a ver si es que no caes... Salgo de bañarme y me voy directamente al vestidor, él está acostado en la cama con una enorme sonrisa.

Me pongo el body tan sexy que me regaló... el que él mismo puso en la maleta, me pongo el liguero y las medias, acomodo un poco mi cabello y me pongo brillo en los labios; cuando salgo está acostado dándome la espalda.

—¿Cameron, a qué hora tengo que estar en el juzgado mañana?

—A las 9.

Se da la vuelta mientras lo está diciendo y abre la boca impresionado.

—¿Qué sucede, amor? ¿Por qué tienes esa cara?

Mientras se lo digo me paseo por toda la habitación, se pone de pie rápidamente y me toma en los brazos para llevarme a la cama.

—Esto es un golpe bajo, jamás podría resistirme a ti, menos si sales vestida así.

—¿No dijiste algo así como que, hoy no te haría caer en la tentación?

Me ve y comienza a besarme.

—Eres la mujer perfecta para mí.

Mientras habla no deja de besar cada parte de mi cuerpo.

—Hasta hoy, no logro entender qué me pasa contigo, pero es más fuerte que yo.

Empieza a desnudarme y yo a él, en un momento estamos haciendo el amor apasionadamente, cuando terminamos nos quedamos acurrucados.

—Y ¿no decías que no ibas a caer?

—Eres la mejor tentación pecaminosa en la que no puedo evitar caer.

Sonrío y lo abrazo.

—Caperucita, quisiera ir contigo mañana, no quiero exponerte a nada a ti sola.

—No te preocupes, recuerda que Julián estará conmigo.

—Lo sé.

Por la mañana me despierto más nerviosa, me doy un baño y me preparo para irme al juzgado.

—Ven a desayunar con nosotros, Caperucita.

—No tengo hambre, siento el estómago un poco revuelto de los nervios.

Me despido de Cameron y de Zoe y me voy al juzgado. Al llegar, me está esperando Julián.

—No te pongas nerviosa, hoy será un día difícil, pero ya verás que todo se arregla.

Efectivamente, es un día muy difícil, entre Cassandra y Barnett, están destrozando mi credibilidad como persona, alegan que el acta de matrimonio la firmó otra persona ya que Cameron no está en condiciones de hacerlo, según ellos no hay un médico que certifique su estado de salud en este momento, también me están acusando por tenerlo escondido y retener a Zoe, el juez le pide a Julián que mañana tenga todas la pruebas necesarias para que no gire una orden de arresto en mi contra, lo peor que tuve que escuchar este día, fue cuando Greta dijo que lo de la droga fue accidental, que a Cameron se le pasó la mano cuando se drogó, ya que según ella, lo ha hecho en otras ocasiones, ella alega que no tuvo nada que ver. ¡Por Dios! esto es peor de lo que me imaginé, en un momento me siento mareada y creo que en cualquier momento me voy a desmayar, Julián se acerca a mí.

—¿Estás bien, Loren? Te ves muy pálida.

—No, Julián, me siento muy mareada.

Julián se aleja y se acerca al juez, le dice algo, a los pocos minutos el juez dice que se pospone el juicio y continuaremos mañana; Julián me toma de la mano para acompañarme al coche, antes de que podamos llegar, Barnett nos alcanza.

—Te lo dije, Loren, estás perdida, deberías de hacerme caso, aún puedo salvarte de la cárcel.

Él sigue hablando mientras yo empiezo a sentir que todo me da vueltas y lo último que recuerdo es a Barnett tomándome en los brazos.

Me despierto un poco confundida, me doy cuenta de que estoy en un hospital, intento levantarme y Barnett se acerca a mí.

—¿Por qué, Loren? ¿Por qué tenías que hacerlo?

—Barnett, ¿qué haces aquí? ¿Dónde está Julián?

—Mientras fue a buscar a tu chofer yo te subí en mi coche y te traje al hospital, ahorita ha de estar como loco buscándote por todos lados, ni siquiera tu guardaespaldas tuvo tiempo de reaccionar.

—Dame mi teléfono, tengo que llamarles para que sepan dónde estoy.

—No, estoy seguro de que no tardarán en encontrarte.

Él empieza a llorar y se deja caer de arrodillas a mi lado.

—¿Por qué no pudiste tener un hijo mío y de él sí?

—Barnett, no entiendo de qué estás hablando.

Sigue llorando a mi lado, cuando de pronto se abre la puerta, viene Cameron furioso, lo acompañan Scott y Julián.

Cameron toma por el saco a Barnett y empieza a golpearlo, cuando Barnett reacciona se queda sorprendido.

—Estás bien, cómo no lo imaginé antes, ¿por qué no te moriste?, ¿acaso no entiendes que Loren es mía y siempre lo va a ser?, no me importa que esté esperando un hijo tuyo.

Cameron sigue golpeándolo y Scott los separa.

—Nunca se va a olvidar de mí, Cameron, siempre estaré presente en su vida.

Julián toma a Barnett del brazo y se lo lleva, Scott también sale detrás de ellos, Cameron se queda tomando unas respiraciones, se acerca a mí y me besa.

—Caperucita, pasé un susto muy grande, Julián dice que te sentías mal y que te desmayaste, Barnett no les dio oportunidad de hacer nada cuando te subió a su coche y te trajo al hospital. ¿Cómo es eso de que estás esperando un hijo mío?

—No lo sé, aún no he visto al doctor, desperté un poco antes de que llegaran.

—No puedo creerlo, está completamente loco, ¿cómo se atrevió a llevarte de esa manera?

—Cálmate, amor, estoy bien, además solo me trajo al hospital.

—Lo sé, pero me imaginé lo peor.

En eso nos interrumpe el sonido de la puerta, entra un doctora.

—Buenas tardes, señora Hank.

Cameron se pone de pie.

—Ella es la señora Parker.

La doctora se pone un poco roja.

—Bueno, lo siento, fue la información que nos dio su esposo, el señor Hank, cuando llegaron.

Cameron suspira con coraje.

—Su esposo soy yo, doctora, ese hombre no tiene nada que ver con nosotros, ahora le agradecería mucho que me dijera ¿qué fue lo que sucedió con mi mujer?

La doctora está pálida y se ve muy confundida, se le borró por completo la sonrisa con la que entró.

—Bueno, yo lo siento, primero que nada, una disculpa por el inconveniente, cuando llegó venía con su presión un poco baja, le hicimos algunos estudios y pudimos comprobar que está usted embarazada.

Cameron sonríe.

—¿De verdad, está usted segura?

—Sí, estoy segura, como le dije, le hicimos varios estudios, entre ellos la prueba de sangre.

— ¿Y todo va bien con nuestro bebé?

La doctora por fin sonríe.

—Sí, al parecer todo va bien, en realidad tiene poco de embarazo yo calculo que unas 8 semanas.

Cameron me abraza y me besa.

—¿Ves, Caperucita? y tú que creías que no podías tener hijos.

—Bueno, yo sólo venía a decirle que esta misma tarde puede irse a su casa, le recomiendo que haga una cita con un obstetra, le voy a dar una receta de pastillas prenatales. De nuevo, siento mucho la confusión y muchas felicidades.

En cuanto la doctora sale, yo empiezo a llorar.

—Estoy seguro de que nuestro amor entre las nubes dejó sus frutos.

Sonrío y él limpia mis lágrimas.

—¿Tú crees?

—Según las cuentas de la doctora, estoy seguro.

Nos abrazamos y sonreímos felices. No puedo creer que por fin voy a tener un bebé.

—Me gustaría que hiciéramos una cena para darles la noticia a la familia.

—Me parece muy bien, pero vamos a dejar que pase el juicio.

—Tal vez las cosas cambien, Barnett ya me vio y estoy seguro de que le dirá a Cassandra.

—Bueno, esperemos a ver qué pasa mañana.

Después de unas horas por fin salimos del hospital, Scott se acerca a mí.

—Señora Parker, siento mucho lo que pasó, yo fui por el coche cuando el señor Hank se la llevó.

—No te preocupes, Scott, solo me trajo al hospital, así que no te sientas culpable.

Él asiente y me abre la puerta, al llegar al apartamento tenemos casa llena, están todos esperándome para saber cómo estoy. Mi madre es la primera que me abraza.

—Hija, por un momento pensé que Bobonett te había secuestrado, me asusté tanto.

Cameron sonríe y me dice muy cerca del oído.

—¿Les decimos de una vez? No podré aguantar hasta después del juicio.

Sonrío y asiento.

—Bueno, en realidad yo quería hacer una cena para reunirlos a todos, pero vamos a aprovechar que están aquí, Loren y yo, tenemos que darles una noticia.

Mi madre se preocupa.

—Hija, ¿qué sucede, hija? ¿Estás enferma?

—Bueno, suegra, no precisamente, estamos embarazados.

Mi madre y Héctor gritan emocionados y Gina me abraza feliz.

—¿Ves, amiga, que si podías tener hijos?, solo te hacía falta una buena zarandeada y ni modo que Cameron no te la dé.

Suelto una carcajada sin poder evitarlo, mi madre se acerca a abrazarme.

—Ay, hija, qué alegría tan grande, me vas a dar otro nieto. No puedo creerlo.

Julián está un poco triste y yo me acerco a él.

—Ya lo sabías, ¿verdad?, ¿te lo dijo Barnett?

—Sí, hubieras visto como lloraba, Loren, dice que él siempre te culpó a ti y que lo más seguro es que él sea el que no puede tener hijos.

—Lo siento, Julián.

—No, no digas eso, yo estoy feliz por ustedes, tú sabes cuánto te quiero.

Me da un abrazo y después felicita a Cameron, Héctor se limpia las lágrimas.

—Bueno, ¿qué les parece si preparo una deliciosa cena para festejar que nuestra familia está creciendo cada vez más?

Mi madre se acerca y lo abraza.

—Vamos, cariño, me parece una excelente idea y yo te voy a ayudar.

Pasamos una noche fabulosa entre risas y alegría, Zoe está feliz y quiere una hermanita, Cameron dice que prefiere un niño porque nosotras nos aprovechamos de él y yo estoy tan contenta que no me importa que sea niña o niño. Soy la mujer más feliz del mundo.

Cuando por fin nos vamos a dormir, Cameron me abraza por la espalda.

—¿Tienes idea de lo feliz que soy a tu lado?, no me importa que a veces seas una zombi y que tengas muy mal carácter.

Me doy la vuelta y quedo frente a él, acaricio su barba con ternura.

—Cameron, gracias por llegar a mi vida, con tus bromas y tus risas siempre me alegras los días y sí, tienes razón, a veces mi carácter es algo especial, pero tú siempre logras sacarme una sonrisa.

—Me encanta como te conviertes de zombi, a mi hermosa Caperucita.

Me acomodo sobre su pecho sintiendo el latido de su corazón y no tardo mucho en quedarme dormida.

Para mi mala suerte, por la mañana me levanto de mal humor, aún tengo sueño y tenemos que ir al juicio, hoy será un día bastante fuerte, porque Cameron va a ir.

—Caperucita ¿quieres desayunar?

—No tengo ganas, de hecho, no quería salir de la cama.

Él se acerca a mí con su enorme sonrisa y me besa.

—¿Estás en modo zombi?

Asiento.

—¿Te parece si Zoe y yo te preparamos una deliciosa malteada de fresa mientras te das una ducha?

Logra hacerme sonreír.

—Está bien, pero que sea de vainilla con chispas de chocolate, Zoe sabe cómo.

Me voy a mi habitación a prepararme mientras Zoe y Cameron se quedan sonriendo, preparando las malteadas, cuando estamos listos llevamos a Zoe a casa de mi madre para que la cuide mientras estamos en el juicio, no sé cuál de las dos está más emocionada, mi madre la adora y Zoe a ella.

Llegamos a los juzgados y Cassandra se asombra al ver a Cameron, de inmediato se acerca a nosotros.

—¿Por qué nadie me dijo que estabas bien?

—No creo que te importara mucho, Cassandra.

—Claro que me importaba, yo siempre pensé que estabas a punto de morirte.

—Lo que te importaba era planear qué ibas a hacer con mis negocios si yo moría.

Nos alejamos de Cassandra y ella no deja de observarnos, Greta también está muy sorprendida, pero ella no se acerca, al contrario, nos huye. Estamos por entrar, cuando llega Barnett, se ve descuidado, trae los ojos hinchados, unas enormes ojeras, me ve y baja la cabeza.

El juicio comienza y Cameron hace sus declaraciones, cuenta la manera en que lo drogaron, incluso muestra el audio que tiene de Barnett, también aclara que nuestro matrimonio es legítimo, que él se encontraba en perfecto estado de salud cuando eso sucedió, le conceden la custodia de Zoe permanente. La disolución de la sociedad con Cassandra también se llevará a cabo, al parecer se quedará sin fondos para seguir con su bufete; obviamente todas las acusaciones en mi contra quedan desestimadas. Julián pide una orden de alejamiento para los tres, Greta tendrá un juicio por intento de homicidio, Barnett y Cassandra también por ser sus cómplices, aunque para suerte mía, yo no tendré que estar presente en esos juicios, por ahora los dejan en libertad para llevar a cabo las investigaciones correspondientes.

Después de un largo día, por fin salimos del juzgado muy contentos por los resultados, Cameron y Julián se quedan en la puerta hablando, mientras yo me dirijo al coche donde está Scott esperándome, voy caminando sin levantar la cabeza hasta que siento que alguien está frente a mí, al levantar la mirada veo a Greta de pie, sin darme tiempo de hacer nada, saca un arma y dispara.

Cierro los ojos pensando que ya todo está perdido, al no sentir nada, abro los ojos y me doy cuenta de que en algún momento Barnett se puso frente a mí y recibió el disparo, todo se convierte en un caos, yo caigo al suelo con Barnett en mis brazos, mientras los guardias rodean a Greta para arrestarla.

Barnett está respirando con dificultad.

—Loren, perdóname por todo lo que te hice sufrir, nunca fui lo suficiente para merecer tu amor, siempre has sido una gran mujer.

—Barnett, por favor no hables. ¡Llamen a una ambulancia, por favor! — grito desesperada, Cameron y Julián están a mi lado.

—Eres la mujer más maravillosa del mundo y mereces lo mejor.

Mis lágrimas corren por mis mejillas sin que pueda detenerlas, Barnett se está ahogando con su propia sangre y la ambulancia no llega.

—Barnett, por favor, no te esfuerces.

—Me hubiera gustado tanto que ese hijo que estás esperando fuera mío, si tan solo yo me hubiera portado bien contigo, todo hubiera sido diferente.

No puedo dejar de llorar, me parte el corazón verlo así.

—Barnett, ya no hables, por favor. Te vas a poner bien.

—Por favor, perdóname, Loren, prométeme que serás muy feliz y que vas a olvidar todo lo que te hice sufrir.

—Te perdono, Barnett, por todo y te prometo que voy a ser feliz, pero deja de hablar que no te va a pasar nada.

—Gracias, Loren, por ser tan buena, nunca dudes que a mi manera siempre te he amado.

Intenta levantar su mano para acariciarme la cara, en ese momento su cuerpo se siente más pesado y deja de respirar, yo no puedo dejar de llorar, se murió en mis brazos por salvarme la vida, llega la ambulancia y se lo llevan, Julián que tampoco deja de llorar se va con él, Cameron me pone de pie y me sube a la camioneta, yo sigo llorando mientras él me abraza. Durante todo el camino me lleva abrazada y me da besos en la frente.

Llegamos al apartamento, me lleva a la ducha, estoy llena de sangre de Barnett, me quita la ropa y me ayuda a bañarme, hago todo mecánicamente, no puedo pensar en otra cosa que no sean los últimos momentos de Barnett en mis brazos agonizando.

Cameron me acomoda en la cama y cuando se va a ir le tomo la mano.

—No me dejes sola, por favor.

—Solo voy a llamar a tu madre, debe estar preocupada y como Zoe se quedará con ella, voy a darle las buenas noches.

Mientras él se va a hablar con mi madre, me acomodo en la cama, sigo llorando, a los pocos minutos Cameron regresa, se acomoda a mi lado y me abraza.

—Siento mucho lo que tuviste que pasar, mi vida.

—Cameron, no quiero que pienses que aún seguía enamorada de Barnett, es solo que...

Pone su dedo en los labios para que no hable.

—Jamás lo pensaría, me has demostrado de muchas maneras cuánto me amas, además, pienso que es normal que te sientas triste, fueron muchos años los que estuvieron casados y verlo morir en tus brazos es algo horrible.

Lo abrazo con fuerza.

—Gracias por ser tan comprensivo, no tienes una idea del amor que siento por ti, no podría compararlo con nada.

Me abraza y me da un beso, mis lágrimas siguen corriendo por mis mejillas, él me las limpia. No sé cuánto tiempo pasa cuando me quedo dormida; por la mañana me despiertan las voces de Julián y Cameron, entro al baño, me arreglo un poco, mis ojos están rojos y muy hinchados, al fijarme en la ropa sucia me doy cuenta de que ya no está la ropa que traía ayer con la sangre de Barnett, supongo que Cameron la tiró.

De pronto, Julián empieza a alzar la voz, voy saliendo cuando me topo con él de frente en la puerta de mi habitación.

—Perdóname, Loren, pero necesito pedirte que me acompañes a la funeraria, mi madre quiere hablar contigo.

Cameron se acerca y me abraza.

—Ya le dije que no es una buena idea, pero no lo entiende.

Julián está llorando.

—Sé que te hizo daño, pero para todos tú eras la mujer que él amaba y te agradecería mucho que nos acompañaras.

Volteo para ver a Cameron.

—Es tu decisión, yo te apoyo en lo que tú decidas.

—Está bien, Julián, te voy a acompañar, pero sólo iré por un rato nada más.

—Gracias, Loren, no sabes lo que esto significa para mí y para mis padres.

Entro a la habitación de nuevo para darme una ducha y cambiarme. Cuando salgo Cameron me está esperando sentado en la cama.

—Loren, ¿quieres que te acompañe?

—No, amor. Es mejor que vaya sola, no te preocupes.

Sé que no está muy conforme, pero respeta mi decisión y la verdad se lo agradezco, me acerco y le doy un beso.

—Gracias, Cameron, te amo.

—Y yo a ti, mi vida.

Salimos, Julián me está esperando, le doy un beso a Cameron y me subo al coche para irnos a la funeraria.

Al llegar, la familia de Barnett se acerca a darme el pésame, la mamá de Barnett no deja de observarme, está de pie al lado de la urna de Barnett, me acerco a ella.

—Julia, yo siento mucho lo que le pasó a Barnett.

Para mi sorpresa ella me da un abrazo.

—Lo siento mucho, Loren, siempre vi cómo te trató mi Barnett y nunca hice nada, lo consentí tanto que de alguna manera todo esto es mi culpa, sé que dio su vida por ti, fue su manera de pedirte perdón y espero de todo corazón que algún día puedas perdonarnos a todos.

Es imposible no seguir llorando, las palabras de la mamá de Barnett me llegan al corazón.

—Yo lo perdoné, Julia y te juro que no le guardo ningún rencor.

—Gracias.

Se aleja y me quedo un momento junto a la urna de Barnett, es increíble pensar que estuvimos casados tantos años y todo terminara de una manera tan horrible, después de unas horas me despido de la familia y me voy al apartamento, al llegar Cameron me abraza.

—¿Cómo te sientes?

Realmente en sus brazos me siento a salvo y me olvido de cualquier dolor.

—Creo que un poco más tranquila, no te voy a negar que me dolió mucho la manera en que todo terminó.

—Lo sé, yo nunca le hubiera deseado ese final tan trágico a Barnett, pero no sabes cómo le agradezco que salvara tu vida y la de nuestro bebé.

—Yo también, toda la vida se lo voy a agradecer.

Capítulo 12

Han pasado algunos meses desde la muerte de Barnett, hay noches en que aún tengo pesadillas por la manera en que murió, aunque trato de no pensar, es imposible no recordarlo en mis brazos y lleno de sangre.

Mi embarazo ya empieza a notarse, aún no sabemos qué vamos a tener, por común acuerdo queremos que sea una sorpresa. Estamos pasando la mayor parte del tiempo en Aspen, Cameron es una persona conocida y no sabemos de qué manera se enteró la prensa de todo lo que pasó, así que preferimos quedarnos aquí para evitar exponer a Zoe. Como Greta sigue en la cárcel y aún no le dan la sentencia, la prensa está muy al pendiente.

Cassandra, está trabajando para otro bufete, por lo que sabemos le va muy mal, Cameron no quiere hablar con ella, ha venido en varias ocasiones y él no la recibe, la verdad lo entiendo, fue muy fea la manera en que reaccionó cuando él estuvo grave.

Hoy cumple años Zoe y le tenemos preparada una fiesta que, por petición de ella, será en la piscina, esta mañana fui a recoger su regalo, que espero le guste mucho, por lo menos, a mí me encantó, Cameron se puso muy entusiasmado cuando le dije lo que quería comprarle; Nina está preparando la comida y Cameron está adornando el área de la piscina para la fiesta, obviamente en color rosa.

Estoy terminando de peinar a Zoe, aunque, sé que cuando empiece a nadar, mi bello peinado va a desaparecer, ella está feliz, trae un precioso traje de baño rosa con estrellas, claro que quiere que yo también use uno igual, pero mi barriguita me lo impide, así que la convencí de ponerme uno blanco que es el más grande que tengo, por ahora.

—¿Loren, falta mucho para que lleguen mis abuelitos?

—No, preciosa, ya no deben tardar, además vienen Gina y los niños también.

—Sí, estoy muy contenta, ya quiero ver a los chicos.

Me hace sonreír porque les dice chicos a los niños, a veces me sorprende la madurez que tiene, para tener 5 años.

—Bueno, ya estás lista.

Se ve en el espejo y sonríe.

—Gracias, Loren, me encanta mi peinado.

—Ahora voy a darme una ducha para estar lista cuando lleguen todos.

Empiezo a caminar y me toma de la mano.

—Loren, cuando nazca el bebé, ¿me vas a seguir queriendo?

Su pregunta me sorprende mucho, aunque creo que es normal que se sienta insegura, me siento en la cama y la siento en mis piernas.

—Zoe, desde el primer día que te conocí ocupaste un lugar muy especial en mi corazón y cada día te quiero más y más, nunca nadie va a ocupar ese lugar porque ya es tuyo, cuando el bebé nazca, también tendrá su lugar y a los dos los voy a querer mucho.

Me rodea con sus pequeñas manos para darme un abrazo.

—¿Puedo preguntarte otra cosa?

—Claro, princesa, dime.

—¿Puedo llamarte "mamá"?

Se me hace un nudo en la garganta y sin poder evitarlo se me salen las lágrimas.

—Claro que sí, puedes llamarme "mamá".

—Yo sé que Greta es mi mamá, pero yo a ti te quiero mucho más.

La abrazo emocionada y sigo llorando.

—Gracias, Zoe, por llegar a mi vida.

Cameron está en la puerta con sus ojos vidriosos, Zoe corre a sus brazos para que la levante.

—Papi, Loren me dijo que yo tengo un lugar en su corazón y que nadie me lo va a quitar nunca.

—Estoy seguro de que así es, mi pequeña.

—De ahora en adelante la voy a llamar "mamá".

—Me parece perfecto.

Ella sonríe muy contenta.

—Papi ¿puedo ir con Nina para ayudarla con el pastel?

—Claro, princesa, ve.

La baja y ella sale corriendo, Cameron se acerca a mí y suspira.

—¿Habrá algún lugar en ese corazón para mí?

Me quedo pensando por un momento y le sonrío.

—Creo que eres la persona que ocupa el lugar más grande.

—¿Tienes una idea de la suerte que tuve al encontrarte?

Me abraza y besa mi frente.

—La misma que tuve yo, cuando te encontré a ti.

—Bueno, ahora que lo recuerdo bien me hiciste muy mala cara cuando me encontraste.

Suelto una carcajada.

—Pero no importa, creo que a mí me gusta la mala vida, imagínate, te aguanto en modo zombi y todo.

—La verdad es que sí me tienes mucha paciencia, no sé porqué no puedo ser como tú que siempre tienes una hermosa sonrisa.

Se acerca y me besa.

—Antes de seguir alimentando más tu ego, voy a darme una ducha porque ya no tardan en llegar los invitados.

—Está bien ¿dónde está el regalo de Zoe?

—Lo tiene Ted.

Termino de alistarme y me pongo un poco de maquillaje, Cameron está en la ducha mientras yo estoy terminando.

—Amor, ya terminé, voy a bajar con Zoe y a ver si Nina necesita ayuda.

—Sí, no tardaré.

Estoy bajando las escaleras cuando vienen entrando mis ahijados, corren con Zoe a abrazarla.

—¿Y para mí no hay abrazo?

Se acercan muy contentos y me abrazan, Héctor y mi madre son los primeros en saludarme.

—Ay, hija, te ves hermosa.

Me hace cariños en mi barriguita y Héctor me da un beso, por último, saludo a Gina y a Julián que vienen muy serios, me acerco y les doy un abrazo.

—Gina ¿qué pasa, por qué tienes esa cara?

Ella voltea a ver a Julián molesta.

—Julián está terco, que necesita hablar contigo y yo le digo que no es el momento, que te deje disfrutar de la fiesta.

En eso viene bajando Cameron y saluda a todos muy contento.

—¿Qué sucede? ¿Por qué tienen esas caras?

Gina se va molesta a la cocina.

—Julián ¿qué pasa? ¿por qué esta Gina tan molesta?

—¿Podemos hablar, Loren? Solo será un momento.

—Claro.

—Vayan a mi oficina para que puedan hablar con comodidad.

Julián me sigue, entramos a la oficina, su cara está un poco preocupada y yo empiezo a ponerme nerviosa.

—Loren, sé que no es el mejor momento de hablarte de esto, pero es importante.

—Julián, no le des más vueltas y dime qué sucede.

—Barnett dejó un testamento y tú eres su única heredera.

—¿Por qué Barnett me iba a dejar todo a mí?

—Bueno, no lo sé, pero un notario se comunicó conmigo y me dio los papeles para que se llevará a cabo su última voluntad.

Me quedo pensativa por un momento, tanto le gustaba a Barnett aparentar tener una buena vida y ¿de qué le sirvió ser tan ambicioso si no pudo disfrutarlo?

—Julián, yo no puedo...

—Espera, Loren… no tomes una decisión tan precipitada, si tú no aceptas la herencia de Barnett, todo lo tomará el gobierno, piensa un poco antes de decidir, recuerda que tú también trabajaste para tener todo lo que Barnett te está dejando.

—Déjame pensarlo y te avisó.

—Claro, ahora ayúdame a que mi mujer me perdone, está furiosa porque te lo dije hoy y no esperé más tiempo.

—Bueno, vamos a ver qué se puede hacer.

Salimos de la oficina, todos están disfrutando de la deliciosa comida, me acerco a Gina y la abrazo.

—Gina, gracias por querer evitarme problemas, pero pobre Julián, tenía que decírmelo tarde o temprano.

—Lo sé y lo entiendo, pero me hubiera gustado que fuera después.

—De verdad no te preocupes, todo está bien, ve y abraza al pobre hombre que está a punto de ponerse a llorar.

—No, lo dejaré sufrir un poco más, así, tal vez tenga una noche loca de reconciliación.

—¿No puedes esperar a reconciliarte cuando regreses a tu casa? Digo, sería mucho mejor.

Sonreímos y ella se acerca a Julián, hablan por un momento, se dan un beso. Estoy muy entretenida viéndolos, cuando Cameron se acerca, me abraza por la espalda y pone sus manos en mi barriguita.

—¿Todo bien, Caperucita?

—Sí, Julián me quería decir que Barnett dejó un testamento y soy su beneficiaria.

—Bueno, para mí tiene sentido, porque todo lo hicieron entre los dos.

—Sí, pero no estaría cómoda recibiendo su herencia, es como si todo el sufrimiento que tuve quisiera alcanzarme de nuevo.

—Te entiendo, pero ¿por qué no la aceptas y haces una fundación para ayudar a otras personas?

—Es una excelente idea ¿tú me ayudarías con eso?

—Por supuesto.

—Me gustaría una fundación para mujeres que han sido maltratadas ya sea física o psicológicamente.

—Bueno, vamos a hablarlo con Julián para que él mismo prepare todo.

Me doy la vuelta y lo beso.

—Gracias, amor.

Se llega la hora de cortar el pastel, Zoe le da una mordida, se llena toda la carita de crema, se pone de pie, sonriendo me da un beso y otro a Cameron para dejarnos todos untados. Cameron se acerca y me besa.

—Ya decía yo que eras mi postre favorito.

Nos limpiamos la cara, vamos a ver los regalos de Zoe, mi madre le da su regalo y ella feliz lo abre, es un hermoso vestido rosa de princesa.

—Gracias, abuelita, me encanta esté vestido, el rosa es mi color favorito.

Todos sonreímos porque no nos queda ninguna duda, Gina y su familia le regalan unas muñecas y ella sigue emocionada.

—Gracias, tía, me encantan.

Me alejo a la cocina para recoger su regalo y cuando regreso, la sorprendo.

—Zoe, esté es el regalo de tu papi y mío.

Le entrego a un pequeño cachorrito blanco precioso, ella lo toma en sus brazos con mucho cuidado y grita emocionada.

—¡¿De verdad es para mí?!

Cameron la ve emocionado.

—Claro, princesa, es tuyo.

—No puedo creer que por fin voy a tener un perrito.

Se levanta emocionada y abraza a Cameron.

—¿Puedo llamarlo, Bubble?

—Es tuyo, puedes ponerle el nombre que tú quieras.

—Entonces así se llamará, Bubble.

Zoe se acerca a mí y me da un abrazo.

—Gracias, mami Loren.

Le doy un beso emocionada, los niños felices se van a jugar con Bubble, los adultos nos quedamos platicando y aprovecho para decirle a Julián mi decisión.

—Julián, acabo de tomar una decisión.

Cameron se sienta a mi lado y me toma la mano.

—Voy a aceptar la herencia de Barnett y necesito de tu ayuda porque voy a abrir una fundación para mujeres maltratadas.

—También cuentas con mi ayuda Caperucita, no lo olvides.

—Lo sé amor, pero me sentiría mejor usando la herencia de Barnett.

—Muy bien Caperucita.

Mi mamá y Gina me ven emocionadas.

—Hija, me parece una excelente decisión, cuenta conmigo para lo que necesites.

—También conmigo, amiga, yo te ayudaré en lo que pueda.

—Gracias y a ti, ¿qué te parece Julián?

—Me parece una excelente idea, me haré cargo de todo y te traeré los papeles para que los firmes.

Seguimos disfrutando de la fiesta de Zoe en la piscina. Nos vamos a dormir bastante tarde, Zoe acomoda a Bubble a su lado en la cama, le doy un beso, me voy a mi habitación directo a la cama y me acomodo abrazando a Cameron como siempre, estamos tan agotados que no tardamos mucho en quedarnos dormidos.

Por la mañana estamos todos desayunando cuando Scott entra, le dice algo a Cameron, se pone de pie y sale un poco molesto.

Me asomo para ver qué sucede y Cassandra está discutiendo con Cameron.

—¿Qué sucede? ¿Cassandra qué haces aquí?

—Sólo vine a pedirles perdón, pero Cameron no me dejaba entrar a hablar contigo.

—No quiero que vuelvas a acercarte a mi familia.

—Lo sé, Cameron, sé que cometí un error, solo quiero que me perdonen, te prometo que no volveré a molestarlos.

—Cassandra, por mi parte puedes estar tranquila, no te guardo rencor, te deseo que seas feliz y aunque no me guste decirlo, apoyo a Cameron, no te quiero cerca de nosotros.

Ella asiente se da media vuelta y se va, Cameron está muy serio, me acerco y lo beso.

—No guardes rencor, tarde o temprano cada uno recibimos lo que merecemos y nosotros somos muy felices, tenemos una hermosa familia que muy pronto será más grande.

—Tienes razón y yo tampoco le guardo rencor, solo que no quiero tenerla cerca.

—Vamos a seguir disfrutando de nuestra loca familia.

—Sí, vamos.

Me abraza y entramos a la casa de nuevo.

—¿Por qué cuando te conocí, no me contaste que tenías una familia un poco loca?

—Bueno, te advertí que mi mamá era campeona en tiro al blanco y seguiste a mi lado, así que pensé que lo demás no tenía importancia.

Sonríe y se muerde el labio.

—Sí, es cierto, aunque lo supiera no te hubiera dejado escapar, puedo aguantar cualquier sacrificio por ti.

Volvemos a sentarnos en la mesa y el caos continúa por dos días más, cuando todos regresan a Denver, Cameron se acerca a mí.

—Creo que yo necesito una buena dosis de esos ejercicios feos que te gustan hacer a ti.

—¿A mí?

—Sí, no te hagas la que no sabe.

—¿Y qué te impedía hacerlos?

—Tú amiga Gina que me pone nervioso cuando me acerco a ti, es como si leyera mis más oscuros y obscenos pensamientos.

Suelto una carcajada enorme.

—¿Cómo crees?

—De verdad.

Cameron se mete en la tina y ya que Zoe está dormida, yo no puedo resistirme a alcanzarlo.

—Si quieres podemos ir empezando con los horribles ejercicios.

Me acerco a él y me acomodo en sus brazos, después de hacer el amor y de un baño que nos deja bastante relajados nos vamos a dormir.

A los pocos días regresamos a Denver, tengo que firmar los papeles para arreglar lo de la herencia de Barnett, Cameron me acompaña al que fue mi antiguo apartamento, tengo que recoger las cosas de valor antes de llegue la mudanza y se lleven todo, Julián llegará en un momento, le pedí que tomara las cosas personales de Barnett, para que se las lleve a su mamá.

Al entrar me vienen a mi mente todos los recuerdos de lo que viví aquí, siento un poco de ansiedad, pero logro controlarme gracias a que Cameron está conmigo, entro a la habitación y la última imagen que llega a mi mente es la de Barnett, con esa chica rubia, aunque quisiera, no puedo recordar los buenos momentos, sé que también los hubo, aunque quedaron en el fondo de mi memoria, mucha gente pensaba que éramos muy felices, nos veían como una pareja perfecta, en realidad solo Barnett y yo sabemos lo que realmente sucedía en nuestro matrimonio.

Cameron se acerca a mí y me abraza.

—¿Estás bien?

—Sí, pero tengo que sacar todo lo que llevo cargando detrás de mí, necesito que se quede en el pasado para siempre.

Me acerco al peinador y veo el reloj que le compré a Barnett con tanto cariño, en realidad nuestro matrimonio no se acabó ese día, tenía mucho tiempo de haberse terminado y ninguno de los dos lo reconoció.

Tomo algunas cosas mías que había dejado y cuando vamos saliendo, me encuentro con Julián.

—Julián, encárgate de todo por favor, ya firmé los papeles y mi relación con todo lo que tenía que ver con Barnett termina ahora. En cuanto tengas listo lo de la fundación llámame, por lo pronto buscaré a alguien que se haga cargo, yo tendré a mi bebé en unos meses y no quiero separarme de mi familia.

Julián me da un abrazo.

—No cabe duda de que nunca dejarás de sorprenderme, eres una gran mujer.

—Gracias, Julián.

Cameron y yo salimos del edificio tomados de la mano, siento como si me hubiera quitado un enorme peso de encima, nos subimos al coche para volver a casa de mi madre.

—Cameron, quiero que a partir de ahora disfrutemos de nuestra felicidad dejando todo el pasado atrás, para siempre, te amo tanto que no puedo pedir nada más.

—Yo también te amo, Caperucita. Estoy muy orgulloso de ti, me has demostrado que eres una mujer que no se deja vencer tan fácilmente y quiero que sigas así.

Me limpio las lágrimas y sonrío.

—¿Todo esto lo supiste por la manera en que estaba decorado mi antiguo apartamento?

—No, lo supe por la manera que tienes de seducirme y hacerme caer en tus brazos.

Suelto una enorme carcajada.

—Creo que tú mamá ya nos escuchó llegar con tu risa.

Nos bajamos felices a casa de mi madre y Zoe nos abraza emocionada, ahora sí a empezar una nueva etapa en mi vida con este maravilloso hombre con él que el cielo literalmente me premió, Zoe, Bubble y muy pronto nuestro bebé, son la mejor prueba de que la felicidad existe y que increíblemente las segundas oportunidades tienen esperanzas.

Nunca hay que tener miedo de volver a empezar, nos podemos sorprender con las cosas maravillosas que tiene un nuevo comienzo.

Epílogo

Cameron...

Mientras estoy sentado en mi oficina revisando unos correos, me pongo a pensar en lo rápido que está pasando el tiempo, no puedo creer que Loren esté a punto de tener a nuestro bebe, por las cuentas que nos da su doctora, le faltan solo unos días, aún no puedo olvidar el día que la conocí, no pudo disimular el disgusto que tenía de conocerme, cuando le di mi mano por primera vez, sentí una electricidad que me dejó desconcertado y aunque al principio pensé en despedirla por ser tan antipática, me robo el corazón cuando regresó destrozada y con un golpe en la cara, de inmediato sentí ganas de protegerla, nunca había creído en el amor y mucho menos a primera vista pero obviamente el destino me tenía una hermosa sorpresa preparada, la voz Zoe me saca de mis pensamientos.

—¿Papi, podemos ir a la piscina?

Mi pequeña me pone una carita con la que no puedo negarle nada, trae a su perrito, Bubble en los brazos, es el regalo de cumpleaños que le hicimos Loren y yo, estaba tan feliz que de inmediato dijo que se llamaría "Bubble" y ahora son inseparables.

—Sí, princesa.

—Voy a invitar a mi mami Loren.

Se va corriendo a buscar a Loren, estos días se ha sentido un poco mal y pasa mucho tiempo dormida, como su embarazo está muy avanzado se cansa más rápido y yo prefiero que repose, me quedo sentado esperando a que regrese Zoe y me sorprendo cuando las veo bajando a las dos, mis ojos se van directamente a mi hermosa mujer y a su barriguita, que a decir verdad, está bastante grande, pero aun así, se ve preciosa, su cara tiene una luz que no podría explicar, trae un traje de baño rosa, ya que por insistencia de Zoe tuvo que comprarse uno de maternidad, nada más y nada menos que en el color favorito de Zoe.

Vienen muy risueñas tomadas de la mano, aunque nunca he sido una persona cursi, no puedo negar que estas mujeres me tienen completamente loco, no puedo imaginarme si tenemos otra niña lo que vayan a hacer conmigo entre las tres.

—Caperucita, te animaste a refrescarte un poco.

Ella me sonríe, aunque le cuesta un poco caminar, para mí no deja de verse sexy, algo tiene esta mujer que me vuelve loco.

—Sí, amor, tengo ganas de nadar un poco, además Zoe y yo vamos a jugar con Bubble.

—Bueno, me pongo un short y ahorita las alcanzo.

Estoy en la habitación cambiándome de ropa cuando suena mi teléfono, es Julián.

—Hola, Julián ¿cómo estás?

—Hola, Cameron, bien, pero te hablo porque tengo noticias de Greta.

—¿Cuáles son?

—La sentenciaron a cadena perpetua, lo siento mucho por tu niña, Cameron, pero en realidad es una mujer peligrosa.

—Sí, lo sé, gracias por avisarme y aunque me puede, ella se lo buscó. No quiero ni pensar qué hubiera pasado, si Barnett no hubiera intervenido.

—Tienes razón —me lo dice un poco triste.

—De verdad, Julián, nunca me cansaré de agradecerle a Barnett que salvara la vida de Loren y de nuestro bebé.

—Siempre he pensado que, en el fondo seguía amando a Loren, tal vez por eso lo hizo.

—Sí, es muy posible.

—Otra cosa, me acabo de enterar que tu hermana se casó con el dueño del bufete donde trabaja y se fue a vivir a California.

—¿El dueño del bufete no es el abogado Larios?

—Sí, el mismo.

—¿Se caso con él o con su hijo?

—Con él, sé que te sorprende porque tiene más de 60 años, pero quién sabe, al parecer tu hermana se enamoró.

Sonrío incrédulo.

—Lo dudo, pero bueno, Cassi es bastante mayorcita para saber lo que hace con su vida.

—Cierto, bueno, ya que te puse al tanto de todos los sucesos, te dejo, tengo una reunión en unos minutos.

—Sí, gracias por todo, Julián.

Cuelgo y me voy a la piscina a alcanzar a mis chicas, están muy entretenidas jugando, me quedo observándolas por un rato cuando Zoe voltea a verme muy sospechosa.

—Papi, ¿puedes venir?, quiero enseñarte algo.

Sonríe, sé lo que quiere hacer así que yo me acerco como si no supiera nada, cuando estoy junto a la piscina me empuja con todas sus fuerzas y yo caigo al agua lo más sorprendido que puedo.

—Zoe ¿cómo puedes hacerle esto a tú papá?

Ella sonríe y corre a los brazos de Loren.

—Fue idea de mi mami, Loren.

—Ah ¿sí?

Me acerco a ellas y empiezo a echarles agua en la cara mientras sonríen, disfrutamos del agua por un rato más hasta que Zoe empieza a bostezar.

—Vamos pequeña, a darte un baño para que puedas ir a dormir.

—¿Puede dármelo mi mami Loren?

Loren sonríe.

—Claro que sí, vamos princesa.

Me quedo nadando un poco más y cuando me siento agotado me voy a la ducha, de pronto siento las manos de Loren acariciando mi espalda, me doy la vuelta y está frente a mí con sus ojos llenos de deseo.

—Caperucita, no me parece una buena idea que...

Me besa con tanta pasión que me hace olvidarme de lo que le estaba diciendo, la acomodo en mis brazos y le hago el amor con cuidado, aunque yo estoy tratando de controlarme ella está desesperada y en un momento me hace perder el control, no puedo dejar de ver las expresiones de su cara, es como si me trasmitiera todo lo que siente con solo verla, en un momento muerde mi labio y sé que llegó a su clímax, yo estoy completamente perdido y no tardo mucho en conseguir el mío, increíblemente sigo sintiendo la misma electricidad que el día en que la conocí, es como si de su cuerpo saltaran chispas cuando la toco, ella parece que lee mis pensamientos porque me sonríe.

—Siento lo mismo que tú, es algo inexplicable, nunca te lo había dicho porque pensé que solo a mí me pasaba, pero al ver tu cara me doy cuenta de que nos pasa a los dos.

—¿Lo sentiste el día que nos conocimos?

—Sí —dice sonriendo —pero como me caíste mal, llegue a pensar que tenías alguna enfermedad.

Suelto una carcajada sin poder evitarlo.

—Te quedaste sentada viendo tu teléfono sin prestarme atención.

Sonríe y me da un beso.

—Loren, debemos de tener cuidado, me haces perder el control y puedo lastimarte, voy a tener que ser más estricto contigo.

La pongo con cuidado en el piso y terminamos de bañarnos.

—Zoe se quedó dormida de inmediato— dice Loren mientras sale de la ducha.

—Me lo imaginé, eso de que corra tanto con Bubble, la deja agotada.

—Sí, pero me alegra mucho que Bubble le haga compañía.

Me estoy poniendo la pijama y Loren se pone un camisón muy sexy, para mi mala suerte es rojo, su piel es tan blanca que cuando se pone ese color resalta de una manera que me encanta, camina de un lado a otro en la habitación.

—Caperucita, sé lo que estás haciendo.

Se para frente a mí y me sonríe coqueta.

—Estoy buscando mi crema de noche, no estoy haciendo nada malo.

Por fin se acuesta a mi lado y me da la espalda, se acomoda para que su trasero quede justo donde debe de quedar y no deja de moverse.

—Loren...

Sigue provocándome más y aunque quiero, no puedo aguantarme, la volteo y la acomodo encima de mí, ella me sonríe.

—¿No decías que ibas a ser más estricto?

Mientras ella dice eso yo le quito el camisón y empiezo a acariciar su hermoso cuerpo, tenerla encima de mí, me provoca muchas sensaciones, me encanta sentir el peso de su cuerpo y ver la manera en que se mueve.

En un instante ella se acomoda en mí y suspira.

—No puedes ponerte estricto con esto, es como ir al cielo.

Sigue moviéndose y yo no dejo de acariciarla, es tan perfecta para mí, su cuerpo se amolda al mío a la perfección, cuando siento que llega al clímax veo su cara y no tardo en alcanzarla, esta mujer me tiene totalmente obsesionado con ella, no hay día que no piense en hacerle el amor, en tenerla encima de mí y besar cada parte de su hermoso cuerpo.

Se acomoda a mi lado y suspira.

—Bueno, ahora sí voy a dormir tranquila, hasta mañana.

Sonrío y le doy un beso la frente.

—Me siento utilizado.

Ella suelta una enorme carcajada, aunque es muy escandalosa me encanta el sonido que hace.

—Bueno sí un poco no te lo voy a negar, necesitaba satisfacer mis instintos más depravados.

—Definitivamente me utilizaste.

—Y lo seguiré haciendo, no es mi culpa que seas tan sabroso.

Suelto una enorme carcajada.

—¿Sabroso?

—Sí, recuerda que tú mismo me lo dijiste una vez, pues ahora te lo confirmo, sí lo eres y adivina qué, soy la primera y espero que la última en decírtelo.

—Serás la primera y la última, de eso no tengas ninguna duda.

—Por cierto, hoy hablé a la fundación y todo va muy bien, no tienes idea de cuántas mujeres han podido ayudar.

—Y todo gracias a ti.

—Me gustaría estar un poco más al pendiente, pero por ahora prefiero disfrutar de mi familia.

—Haces bien, ya después podrás involucrarte más.

—Sí, eso haré.

—¿Y qué te parece si sigues disfrutando de tu familia? En este momento puedes empezar con tu esposo.

Empezamos a besarnos y sin poder evitarlo hacemos el amor de nuevo, ya bastante tarde nos quedamos dormidos.

Por la mañana me despierto muy temprano, Loren sigue dormida le doy un beso y me doy una ducha para ir a ver a Zoe, que parece hija de Loren, porque son igual de dormilonas.

Como las dos siguen dormidas me llevo a Bubble para darle comida y agua, Nina ya está preparando el desayuno.

—Buenos días, Cameron ¿tus chicas siguen dormidas?

—Buenos días, Nina, sí, aún están dormidas.

—Ted me dijo que llegaron las cosas que pediste para la habitación del bebé.

—Perfecto, esta misma tarde me pondré a prepararlo.

Loren, Zoe y yo pintamos la habitación del bebé en color amarillo con gris, pintamos algunas nubes y quedo muy bonito, al menos ellas estaban encantadas, sólo estábamos esperando algunos muebles para terminarla finalmente.

Me pongo a leer el periódico y me encuentro la foto de boda de mi hermana, efectivamente se casó con el abogado Larios, que bien podría ser su padre o quizás su abuelo, pero se ve muy contenta, ojalá y sea feliz, yo prefiero no saber nada de ella, la última vez que vino a buscarme le dejé muy claro que no la quiero cerca de mi familia.

En estos días esperamos la llegada de mi suegra y de Héctor, quieren estar aquí para ayudar a Loren cuando nazca el bebé, no sé porqué, pero estoy muy nervioso porque ese día llegue, cuando Greta se alivió de Zoe no dejaba de gritar y maldecir a todo el mundo, aunque sé que Loren no es igual, no dejo de preocuparme.

Estoy muy concentrado cuando suena mi teléfono, es un número que no conozco.

—¿Diga?

—Esta es una llamada de la Penitenciaría Estatal de Colorado ¿acepta la llamada por cobrar?

Estoy a punto de colgar porque estoy seguro de que es Gretta, pero por alguna razón cambio de opinión.

—Sí, la acepto.

Después de unos minutos me contesta Gretta.

—Cameron, gracias por aceptar mi llamada.

—Eres la madre de mi hija, aunque no me guste.

—Quiero pedirte perdón, no tienes idea de lo mucho que estoy sufriendo aquí y me he dado cuenta de lo mal que me porté con ustedes.

—Gretta, yo prefiero que…

—Espera, déjame hablar, acabo de pedir mi cambio a la cárcel de Texas, mi madre vive ahí y ella quiere estar al pendiente de mí, me duele mucho lo que te voy a decir, pero prefiero que Zoe no vuelva a saber nada más de mí, es una niña tan hermosa que no quiero que se relacione conmigo para nada.

Me quedo callado mientras ella empieza a llorar.

—Nunca fui una buena madre Cameron, y quiero que Zoe pueda ser feliz, sé que contigo y con Loren lo será. Esta será la última vez que vas a saber de mí, espero que algún día puedas perdonarme, de verdad que estoy muy arrepentida de lo que hice, creo que mi ambición me volvió completamente loca.

—Yo no sé si algún día pueda perdonarte, pero créeme que no te deseo nada malo, creo que ya tienes suficiente castigo con estar en la cárcel.

—Sí, lo sé y me lo merezco, te deseo que seas muy feliz, realmente te lo mereces. Adiós, Cameron.

Cuelgo y me quedo pensando en cómo la vida siempre nos cobra la factura por lo que hacemos, tarde o temprano.

Justo en ese momento vienen bajando mis chicas y Loren está un poco pálida, me pongo de pie y me acerco de inmediato a ella.

—¿Mi vida, estás bien?

Ella niega con la cabeza, la tomo en los brazos y la recuesto en el sillón.

—¿Qué sucede?

—Estoy empezando a tener contracciones, aunque no son muy fuertes creo que ya va a nacer nuestro bebé.

De inmediato pienso en la noche tan apasionada que pasamos. ¿No será mi culpa que ya vaya a tener al bebé?, si pasa algo malo, nunca me lo voy a perdonar.

—Cameron, no estés pensando tonterías, que te conozco —dice leyendo mis pensamientos. —Ya es tiempo de que nazca nuestro bebé, nada me provocó el parto.

Suspiro con alivio, pero sigo nervioso.

—Nina, ¿podemos dejarte a Zoe?, vamos al hospital.

—Claro, Cameron, no tienes que preguntarme, yo me encargo de todo.

Voy de prisa por las maletas.

—Bueno, nos vamos, yo te aviso qué pasa, Nina.

Me llevo las maletas al coche y cierro la puerta, Ted me observa con curiosidad mientras yo me subo a la camioneta, está tratando de ocultar una carcajada, pero no sé la razón.

—Cameron, si llevamos a Loren al hospital ¿dónde está ella?

Volteó al otro lado del coche que obviamente está vacío y me bajo de prisa, cuando entro a la casa Loren y Nina están muertas de risa.

—No es gracioso.

—Amor, vamos a tener a nuestro bebé ¿y pensabas dejarme aquí?

—Lo siento, estoy muy nervioso.

Ella deja de reír y me da un beso, de pronto su cara cambia, se pone más pálida, la levanto en los brazos y la llevo al coche. Ted voltea a verla y sonríe.

—Bueno, ahora sí podemos irnos, creo que ya no nos falta nadie.

Vamos en camino al hospital y no puedo dejar de reír, los nervios me están matando, Loren toma respiraciones y mientras no tiene contracciones sigue riéndose de mí.

—Amor, ¿puedes llamar a mi madre? porque como veo las cosas se te puede olvidar también.

Sonrío, en realidad ni siquiera lo había pensado, marco el número de mi suegra y me contesta de inmediato muy contenta.

—Hola, Cameron ¿cómo están?

—Nora, vamos al hospital, ya vamos a tener al bebe.

—Sí, mamá y por poco me deja en la casa, pensaba irse solo al hospital —grita Loren, sonriendo.

Nora suelta una enorme carcajada.

—Cameron, vamos a buscar un vuelo de inmediato para salir para allá.

—No, suegra, mi avión está en Denver, ahorita llamo para avisar que lo tengan listo cuando ustedes lleguen.

—Gracias, hijo, salimos para allá de inmediato.

Llegamos al hospital y bajo a Loren en los brazos, la doctora nos estaba esperando porque la llamé durante el camino, se la llevan en una camilla para prepararla, yo me quedo esperando y aunque sólo pasan unos minutos el tiempo se me hace eterno, de pronto sale una enfermera.

—Señor Parker, puede acompañarme.

Como está muy seria me pongo más nervioso, entramos a una habitación y me entrega un traje azul con un gorrito.

—Póngaselo para que pueda entrar, su esposa está a punto de tener al bebé.

Entro al baño y me cambio de prisa, por un momento me pasa por la mente no entrar, no quiero ver sufrir a Loren, pero tampoco puedo dejarla sola, me pongo el ridículo traje, que para colmo me queda un poco apretado, se me viene a la mente cuando Loren me dijo que mi traje de piloto me quedaba muy apretado y según ella exhibía mis encantos, salgo del baño y la enfermera me revisa de pies a cabeza, empiezo a sentirme incómodo ante su escrutinio, creo que con este traje más que exhibir mis encantos como dice Loren, no dejo nada a la imaginación, me pongo un poco rojo, ella lo nota y rápidamente disimula.

—Por aquí, señor Parker.

La sigo y cuando abre la puerta de la habitación está Loren pujando, rápidamente me acerco a ella y tomo su mano, está sudando por el esfuerzo, yo limpio su sudor y la beso.

—Vamos, Loren, ya falta muy poco, casi puedo ver su cabecita —dice la doctora.

Loren sigue pujando y me llama la atención que no grita ni maldice, no puedo quedar más sorprendido, es una mujer muy fuerte, a los pocos minutos escuchamos el llanto de nuestro bebé y la doctora rápidamente se lo pone a Loren sobre el estómago mientras lo están limpiando.

—¡Es un niño precioso! —Exclama la doctora emocionada.

En ese momento siento como mi corazón se me quiere salir del pecho.

—Un niño, mi vida, tenemos un niño —le digo a Loren, mientras la beso.

Loren me sonríe y empieza a llorar, en ese momento la doctora me pide que corte el cordón umbilical de mi bebé, estoy tan emocionado que mis manos tiemblan por los nervios, la enfermera envuelve al bebé en una manta y me lo da para que lo tome en los brazos, no puedo creer la sensación que me provoca cargarlo, pero me siento completamente feliz.

Es muy blanco como Loren y tiene el cabello negro, me acerco a ella para que lo vea y los dos lloramos emocionados.

—Es precioso, Cameron, no puedo creerlo.

—Se parece a ti.

Se llevan a nuestro bebé para revisarlo y terminan de limpiar a Loren, le ponen una bata limpia y la acomodan en la cama, yo me acerco a ella y la beso.

—No tengo palabras para describir la felicidad que siento.

Me acomodo a su lado en la cama y la abrazo.

—Yo tampoco puedo describir lo que siento, estoy más que feliz.

Nos quedamos ahí abrazados por un momento hasta que ella suspira.

—Amor, tengo que decirte algo, he estado tratando de no hacerlo, pero ya no puedo aguantarme.

Me pongo de pie de inmediato.

—¿Pasa algo? —pregunto asustado.

—Sí, me encanta como te queda ese traje, creo que la doctora no sabía si estar al pendiente del bebé o de verte a ti.

Suelto una carcajada enorme.

—Ahora entiendo lo que decías de mi traje de piloto, la enfermera por poco me saca radiografías con los ojos cuando me vio, me sentí ultrajado.

Ella sonríe.

—Creo que el azul será mi color favorito a partir de hoy.

Sonreímos y me vuelvo a acomodar a su lado.

Después de unas horas, por fin la cambian a otra habitación y puedo ponerme mi ropa normal, en la que no tengo miradas incómodas de nadie.

Nos traen a nuestro pequeño, que para nuestra sorpresa está despierto, tiene los ojos azules como yo y como Zoe, Loren lo toma en los brazos para amamantarlo y no puedo creer la bella imagen que se queda grabada en mi memoria, es algo que no se puede describir, pero inspira una ternura infinita, termina de alimentarlo y me lo da, para que pueda hacerlo dormir. De pronto se abre la puerta, Zoe entra feliz, viene con Nora y con Héctor.

—Papi, déjame ver a mi hermanito.

Lo pongo a su altura para que lo vea y ella sonríe feliz.

—Parece un muñequito, ¿me van a dejar cuidarlo a mí también?

—Claro, princesa, tú eres su hermana mayor y tienes que cuidar de él, siempre.

Lo pongo por un momento en sus brazos para que lo sostenga y después se va y se acomoda en la cama con Loren, Nora me quita el niño de inmediato y empieza a llorar.

—Ay, hija, no puedo creer que por fin tenemos un bebé, además está precioso.

Héctor también lo toma en los brazos y está muy emocionado.

—Es hermoso, tiene parecido a los dos.

Me siento con Loren y con Zoe.

—Papi, me gustaría que mi hermanito se llamara Zaed, así tendríamos un nombre parecido él y yo.

Volteo para ver a Loren, que muy sorprendida sonríe.

—¿De dónde sacaste ese nombre Zoe? —le pregunta Loren con curiosidad.

—Lo escuché un día en la tele y me gustó.

Loren le da un beso en la frente a Zoe.

—Pues a mí me encanta, Zoe, es el nombre perfecto para tu hermanito.

Ella sonríe emocionada y yo las beso a la dos. Casi al anochecer convencemos a Nora de irse a descansar y de que me devuelva a mi bebé, porque no quería hacerlo, estuve a punto de llamar a seguridad para que se la llevaran, pero recordé que sabe usar muy bien el rifle y mejor no me arriesgué.

Acuesto a nuestro pequeño Zaed en la cuna y me acomodo junto a Loren.

—Amor, no puedo dejar de pensar en lo inteligente que es Zoe, ya tenía planeado el nombre para su hermanito.

—Sí, ¿sabes que nunca la había visto tan feliz como lo es a tú lado?, creo que está como el papá, perdidamente enamorada de ti.

Ella me da esa sonrisa que tanto me encanta.

—Por cierto, Julián me dijo que a Greta le dieron cadena perpetua por el asesinato de Barnett —me dice Loren muy seria.

—Hay algo que no te he contado.

—¿Qué pasa?

—Greta me habló para decirme que pidió su cambio a Texas y que prefiere que Zoe no vuelva a saber nada de ella.

—No sé qué decir, aunque es su madre por ahora lo mejor es no decirle nada, ya cuando esté más grande y pueda entender lo que pasa ella tomará la decisión que crea mejor.

—Sí, estoy de acuerdo.

—Lo siento mucho por Zoe, aunque sin duda tiene la suerte de tener un padre maravilloso.

—Me estás babeando, aunque ya no traiga el traje azul.

Ella sonríe.

—En realidad me gusta más lo que hay debajo del traje.

La abrazo y le doy un beso.

—No empieces a provocarme, que si me haces caer en la tentación nos correrán del hospital por pervertidos.

Me abraza y suspira, en un momento se queda dormida y yo me quedo observándola, es una mujer tan fuerte y maravillosa, que aún no puedo creer que sea mía, en eso llora nuestro pequeño y me recuerda que sí, que efectivamente es mía y tenemos un pequeñito que requiere mi atención.

Lo levanto y empiezo a hablarle, al poco rato se vuelve a quedar dormido, no quiero dejarlo solo en la pequeña cuna así que me acodo en el sofá y sigo arrullándolo; por la mañana entra la doctora y se llevan al pequeño Zaed, para hacerle una última revisión.

—Cameron, no necesitas ayudarme con la ducha, yo puedo hacerlo sola.

—Ah, no, de ninguna manera me perdería la oportunidad de bañarte y tenerte completamente a mi merced.

—Eres un aprovechado.

—Sí, un poco, pero aun así me amas.

La ayudo a tomar la ducha y se siente un poco mareada, al salir de la ducha le pongo su bata, la acomodo de nuevo en la cama y le ayudo a desenredar su cabello.

—Si me vas a cuidar así cada vez que tengamos un bebé, quiero tener muchos más.

Le doy un beso en la frente.

—Estoy a tu disposición para que me utilices en el proceso.

Ella suelta una carcajada.

—Cameron, ¿tienes una idea de la alegría que le das a mi vida cada día?

Sus palabras me provocan un nudo en la garganta, estoy por contestarle cuando se abre la puerta y traen a nuestro pequeño, lo ponen en su cuna y nos dicen que ya podemos irnos.

Preparamos todo y ahora me aseguro de subir a Zaed y a Loren primero, después vuelvo a recoger las maletas, Ted me sonríe y Loren se aguanta la risa.

—No se rían de mí, un error lo comete cualquiera.

—Bueno, amor, pero es que tu error era muy grande.

Ella y Ted sueltan una carcajada y yo me subo molesto a la camioneta, me toma de la mano y se acerca para besarme.

—Amor, no te enojes así, aunque te equivoques te amamos.

Trato de seguir enojado, pero no puedo hacerlo, ver sus ojos llenos de felicidad hacen que me olvide de todo y no puedo evitar sonreírle. Llegamos a la casa y nos sorprendemos cuando salen Gina y Julián a recibirnos, Gina como siempre tan discreta pega un enorme grito y abraza a Loren.

—¡Amiga, que felicidad! Zaed está precioso, Nora me enseñó muchas fotos y Zoe ya me dijo que escogió el nombre.

Julián me da la mano.

—Felicidades, Cameron, ahora sí tienes un compañero.

—Gracias, estamos felices.

Gina se acerca y me quita a Zaed de los brazos.

—Felicidades, Cameron, pero ya llego la tía Gina y está ansiosa por cargar a Zaed.

Entramos y tienen la casa adornada con globos, blancos y azules, organizaron una pequeña fiesta para recibir a Zaed, nosotros entramos felices, aunque después de unas horas noto a Loren algo cansada y me acerco a ella.

—Mi vida, ¿no quieres que te lleve a la habitación para que descanses?

Ella muy risueña niega con la cabeza.

—No, amor, prefiero quedarme aquí un rato más, además me siento perfectamente.

Estamos disfrutando de una magnífica tarde, no he podido cargar de nuevo al pequeño Zaed porque entre Gina, Héctor y Nora no me dan oportunidad, pero, aun así, no puedo estar más feliz. Zoe corre emocionada y besa a su hermanito, llegué a pensar que el algún momento iba a estar celosa y no, es todo lo contrario, lo cuida con mucho cariño.

No puedo creer lo que ha cambiado mi vida, si alguien me hubiera dicho el año pasado que esto pasaría en mi futuro, no lo hubiera creído, esto es más de lo que alguna vez llegué a imaginar.

Me siento al lado de Loren, le doy un beso, ella me sonríe y se acomoda los rizos de su hermoso cabello detrás de la oreja.

—La felicidad existe, ¿verdad, Cameron?

—No tengo ninguna duda.

Gina se acerca con Zaed y por fin lo puedo sostener.

—Toma, Cameron, que si nos descuidamos te llevas a Loren a la habitación y no me quiero imaginar para qué.

Loren le sonríe muy coqueta.

—No seas envidiosa Gina, no estaría mal disfrutar de un ENORME descanso.

Yo las veo confundido, mientras ellas se mueren de risa, Julián se acerca y me quita de los brazos al pequeño Zaed.

—Ni siquiera pienses en entenderlas, ya que se juntan y empiezan a hablar de cosas grandes o enormes que solo ellas entienden, son cosa seria.

Me pongo de pie y me recargo en la puerta del comedor, observo como Zoe juega con Julián y con Julio, persiguiendo a Bubble. Nina les da unos bocados a nuestros invitados, Nora y Héctor están conversando muy entusiasmados con Julián. Loren y Gina tienen las mejillas rojas por las carcajadas que sueltan a cada momento.

Por un momento me pongo a reflexionar, a veces la vida nos da muchas oportunidades para ser felices, está en nuestras manos aprovecharlas al máximo, creo que entrar a trabajar como piloto a mi empresa fue la mejor decisión que he tomado en mi vida. En ese momento Loren se pone de pie y se acerca a mí con sus ojos brillosos de tanto reír, me abraza e inhala mi perfume.

—Nunca pensé que el hombre que se me hacía presumido y vanidoso terminara siendo el amor de mi vida y el padre de mis hijos.

—Y yo nunca pensé que me enamoraría como un loco de una mujer vestida como zombi, con unas enormes sandalias y que tiene una risa muy escandalosa y para colmo me da toques de electricidad cada vez que la toco.

Ella me sonríe y me da un beso.

—Pero no me puedes negar que, con todo y la electricidad, eres muy feliz.

—No, no puedo negarlo, como tampoco puedo negar que NUESTRO AMOR ENTRE LAS NUBES es lo mejor que me ha pasado en la vida.

About the Author

Tengo 37 años. Nací en Chihuahua, México. Vivo en Colorado hace algunos años, estoy casada y tengo 3 hijos. Escribir se ha convertido en uno de mis pasatiempos favoritos, aunque tengo poco tiempo haciéndolo, como autora de varias novelas me emociona saber que puedo transmitir a través de ellas las emociones que siento en cada capítulo que escribo, me considero una mujer alegre y soñadora; me encantan las novelas románticas aunque me gusta leer de todo. Disfruto mucho escribir ya que siento que cuando lo hago mi imaginación no tiene límites y puedo dejar una pequeña parte de mi corazón en cada historia. Espero seguir compartiendo más de mi novelas con ustedes.

CPSIA information can be obtained
at www.ICGtesting.com
Printed in the USA
BVHW041157280623
666441BV00002B/387